EL TÚNEL DEL ORO

EL TÚNEL DEL ORO

Un robo en La Habana colonial

Alfredo Pérez

Publicado por Eriginal Books LLC
Miami, Florida
www.eriginalbooks.com
www.eriginalbooks.net

Copyright©2014, Alfredo Pérez
Copyright©2014, Diseño de cubierta: Ernesto Valdés
Copyright©2014, De esta edición, Eriginal books LLC

Editor: Rebeca Murga y Lorenzo Lunar

Printed in the United States

ISBN-978-1-61370-046-4

A mi esposa Maritza, por su apoyo.
A mis hijas Monika y Grethel, por sus empeños.
A mis nietas Amanda y Angelina, por sus simpáticas ocurrencias
y los buenos ratos que nos dan.
A nuestras familias y amigos.

Índice

El hallazgo
(1867)

Comenzaba a caer la tarde, cuando Lisardo decidió desmontar aquellos maderos que, recubrían la pared del closet de la tercera habitación. Hacía dos meses que trabajaban en la remodelación de una antigua casa colonial, edificada a finales del siglo XVI. Aquel polvo añejado, se hallaba esparcido por todas partes; sin embargo a él no le molestaba en lo más mínimo; se había acostumbrado al olor de la cal y la madera. Llevaba en este negocio casi la mitad de sus veintiséis años.

El resto de los trabajadores ya se había marchado, a excepción del maestro de obras, quien, sobre una improvisada mesa realizaba algunas anotaciones en un pergamino, mientras silbaba una melodía de la época.

—¡Don Fernando, don Fernando!

—¿Qué ocurre, Lisardo?

—¡Venga aquí, por favor, creo que he descubierto algo importante!

El hombre saltó de su silla y corrió hacia el lugar.

—¡Ostras! ¡Pues sí, compadre..., creo que tienes razón! Parece una puerta secreta.

—Buscaré una herramienta y una lámpara para alumbrarnos.

—Sí, veamos qué tenemos por aquí. De paso, cierra la entrada principal, por favor.

Fernando, se acercó para observar un escudo tallado que había en la superficie, con su pañuelo frotó la madera hasta limpiarla y después, se alejó unos pasos. Fue entonces cuando, desde la parte superior de la pared oeste de la habitación, un fuerte destello de luz atravesó un extraño vitral policromado que estaba allí y sobre el escudo, se proyectó una intensa luz dorada. Lisardo, que llegaba a toda carrera, al ver aquello, se detuvo, soltó la herramienta y se frotó ambos brazos, sus bellos estaban de puntas, un escalofrío había recorrido su espinazo. Un instante después, la luz se desvaneció. Ambos se quedaron sin decir palabras por unos minutos hasta que Fernando se agachó, recogió la palanca y comenzó a destrabar aquel oxidado cerrojo.

Al fin, las bisagras rechinaron y la puerta cedió, la habitación fue invadida por un fuerte olor a humedad y azufre, ante sus ojos se dejó ver aquel oscuro y misterioso túnel. El capataz tomó el quinqué y se dispuso a penetrar, pero su amigo lo detuvo sujetándolo por el hombro.

—Espere usted un momento compadre..., esto no me gusta, tengo la sensación de que nos vamos a meter en serios problemas.

—¿Lo dices por ese escudo y la luz?—señaló Fernando a la puerta.

Lisardo, afirmó con un gesto.

—Puede que tengas razón, pero la curiosidad no me dejaría dormir. Además, el destino nos puso esta puerta en nuestro camino, por algo será.

Solo unos segundos necesitó Lisardo para meditar, y tomando la delantera, exclamó:

—¡Joder! páseme la luz y adelante pues, de los cobardes no se ha escrito nada.

A continuación, bajaron cuidadosamente por una angosta escalinata de piedra hasta casi diez metros de profundidad. Después se aventuraron por aquel abandonado túnel. De vez en cuando los sorprendía el ruido provocado por el aleteo de los murciélagos.

—¿Qué rumbo llevamos, don Fernando?

—Yo diría que vamos hacia el norte. Si no me equivoco, estamos pasando por debajo de la calle Obispo.

—Entonces, nos dirigimos hacia el Palacio.

—Creo que sí.

Avanzaban con dificultades, pues el piso estaba, en algunos lugares, cubierto de malezas y musgos. A unos veinticinco metros de la entrada, encontraron otra galería secundaria que corría perpendicular hacia el oeste.

—Hay agua en el suelo, don Fernando, tenga cuidado.

—Sí, ya me he percatado. Esta agua, tal vez, provenga de uno de los canales subterráneos de la zanja real.

—¿Seguimos o torcemos hacia la izquierda?

—Mejor continuemos recto.

Prosiguieron la incursión y a unos treinta pasos, los dos amigos encontraron una escalera de madera en forma de caracol.

—Lisardo, espérame aquí abajo, sin hacer ruido. Veamos hacia dónde nos conducen estos peldaños.

El contratista comenzó lentamente el ascenso, apoyándose con precaución sobre aquellos viejos escalones. Su alta estatura lo obligaba a encorvarse un poco. Al llegar al nivel superior, encontró un pequeño espacio que daba la impresión de estar cerrado completamente. Lo revisó tratando de encontrar una salida, pero no la halló.

Se quedó unos instantes esperando escuchar algún ruido o sonido, pero fue en vano. Por un momento algo llamó su atención desde el suelo y se inclinó. Observó detenidamente bajo la luz del quinqué aquella joya. Era una antigua cadena de oro de la cual pendía un medallón. La introdujo en su bolsillo, también recogió un par de monedas que estaban allí, unos minutos más tarde se reunió con Lisardo.

—Regresemos ahora, compadre, y vamos a tapiar la entrada de este pasadizo para que nadie la descubra.

Al concluir el trabajo, le comentó a su amigo:

—¿Sabes, Lisardo? Todavía no estoy del todo seguro, pero creo que hemos hecho un gran hallazgo.

Lisardo lo miró, sorprendido.

—Debemos mantener esto en secreto. Trataré de buscar información en los archivos de proyectos de la Capitanía General.

—¿Y eso para qué?

—Para saber con qué edificio se comunica. Al parecer este túnel lleva muchos años cerrado. No sabemos con qué objetivo se construyó ni por qué razón fue clausurado. Fernando se quedó pensativo por un par de minutos; se acarició su barba en el mentón. Entonces, sus ojos pardos brillaron al decir:

—Lo revisaremos con calma en los próximos días. Donde hubo secretos siempre existe la posibilidad de que pueda haber oro.

—¡Dios mío! —exclamó el capataz frotándose las manos—. ¿Usted cree?

Fernando asintió con un gesto, al tiempo que sacaba la cadena y los doblones que había encontrado en el túnel para mostrárselos a Lisardo. Cualquier otro lo habría escondido, pero él confiaba en su compañero, ambos eran amigos de la infancia, llevaban varios años trabajando juntos y además, eran compadres. Fernando era el padrino de su hija y habían acordado que, en el futuro, sería recíproca esa hermandad.

—¡Ah..., qué hermosa joya! Tiene la figura de una cortesana.

La Villa de San Cristóbal

El **amanecer** comenzaba a vislumbrarse sobre la ciudad. La neblina se disipaba por detrás de la vieja Fortaleza de San Carlos que, había sido construida sobre una colina al este de la bahía. El viejo faro, después de pasar toda la noche enviando sus señas, ahora se dejaba ver majestuosamente erguido sobre un risco.

Poco a poco, desde la cubierta del barco, los viajeros observaban con expectativa, aquella ciudad por la cual se habían aventurado a cruzar de un continente a otro. Esa ilusión que empuja a todos los emigrantes a dejar su pasado y comenzar en otras tierras un nuevo capítulo de sus vidas.

Casi un mes había durado la travesía, y muchos habían gastado, prácticamente, todos sus ahorros en financiarla; un bolso o una maleta con unas pocas pertenencias, era todo lo que poseían. Solo los más aventajados contaban con una carta de recomendación para algún pariente en la isla que, les darían más posibilidades de conseguir trabajo. Una mirada observadora, sería capaz de distinguir, dentro del grupo de pasajeros a Rómulo, un joven de veinticinco años, alto como una vara, con barba cuidadosamente recortada y que por su apariencia y comportamiento, no parecía compartir las mismas preocupaciones que el resto de los pasajeros.

Después de casi media hora de ansiosa espera, aquel vapor de color verde con bandera española, dirigió su proa hacia la angosta entrada de la bahía, que estaba custodiada a ambos lados por dos antiguas y enormes fortalezas; en dirección al este, el emblemático Castillo de los Tres Reyes, y hacia el oeste La Punta. Ambas habían sido edificadas en el siglo XVII, durante la etapa colonial con el fin de proteger a la villa de los reiterados azotes de corsarios y piratas.

San Cristóbal, había sido fundada en 1519, en la proximidad de la bahía, adoptando forma de herradura. Por el borde este de la misma, se extendía la Avenida del Puerto con sus muelles y negocios; más al sur estaba la Alameda de Paula, en el extremo opuesto corría el largo Paseo del Prado.

Un conjunto de estrechas calles y plazas, entretejía la red urbana de esta parte antigua de la capital, conocida como La Habana de intramuros.

Los blancos campanarios de las iglesias, sobresalían por encima del perfil de la ciudad, que a su vez estaba conformado por una diversa gama de lujosas viviendas, palacios, comercios y edificios públicos. La vista de los viajeros se recreaba con aquella prolífera riqueza arquitectónica que se había concebido a lo largo del periodo colonial y allí, todavía en pie, se codeaba con otros exponentes de la arquitectura más reciente.

Un oficial conversaba con un grupo de pasajeros, ofreciéndoles algunas referencias. Rómulo, algo apartado, escuchaba la conversación. Introdujo su diestra en el bolsillo del abrigo y apretó ligeramente un antiguo medallón de oro con una cadena que guardaba allí, lo sacó y lo miró al tiempo que murmuraba en voz baja:

—Ya hemos llegado.

Su misión aún estaba por comenzar y desconocía qué tiempo le llevaría cumplirla, pero si de algo estaba seguro era de que no podía defraudar a su padre.

ΦΦΦ

Unas horas después, los pasajeros se dispersaban hacia distintos rumbos, cada uno en busca de su sueño. Corrían los años veinte de la etapa republicana, época en la cual la inmigración hacia la isla había aumentado considerablemente.

Rómulo se despidió de una familia, con la cual había establecido una buena amistad durante el viaje.

—Espero que les vaya de lo mejor.

—Lo mismo le deseamos a usted —contestaron ellos.

Después de unos abrazos el grupo se dividió. Rómulo se quitó la chaqueta color ocre y, tomando su maleta de cuero, caminó sin rumbo fijo, mezclándose con los habitantes que merodeaban por la ciudad.

Media hora después andaba por la Calle de los Oficios. Gran cantidad de negocios, se habían establecido en la misma: herrerías, talabarterías, mueblerías, talleres de cantería, y muchos más.

Rómulo paseaba su vista por el entorno; techos con tejas de barro, fachadas de piedra elaborada, portones de madera decorados, tejadillos abalaustrados.

«Se podría afirmar que, la estancia de los moros en la península ibérica, también había repercutido en la trama urbana de esta isla. Toda una gama de códigos arquitectónicos coloniales con influencias mudéjares, conforman gran parte del panorama».

El ajetreo de varios carpinteros construyendo un tejadillo en una fachada, le hizo detenerse. Uno de ellos, al verlo, lo saludó:

—Hola, compatriota, se nota que está usted recién llegado. ¿Qué le parece este trabajo?

—Se ve muy bien —contestó, Rómulo.

—¿Es usted carpintero?

—No exactamente, pero algo conozco de estos oficios.

—Suba entonces, si lo desea.

Rómulo, entró al lugar y allí estuvo conversando un largo rato. Después abandonó el sitio y siguió por el mismo rumbo hasta encontrarse con una gran plaza. Allí se quedó un instante admirando la exuberante vegetación de la misma. El denso follaje de aquellos enormes algarrobos, brindaba su sombra a los transeúntes que, se movían en todas las direcciones, por los geométricos y anchos senderos de piedras naturales, bordeados por begonias, calas y geranios florecidos. Algunas personas aprovechaban para descansar, otros conversaban animadamente, mientras que algunos vendedores ambulantes pregonaban sus mercancías entonando una simpática estrofa.

El aire fresco que corría, lo incitó a tomar asiento en uno de sus bancos. Sacó de su bolso un cuaderno de notas y, buscó entre sus páginas, hasta encontrar un documento manuscrito. Miró a su alrededor, receloso, y puso su vista en él. Estuvo unos minutos leyéndolo, sin percatarse de que, desde otro banco ubicado en el extremo opuesto de la plaza, un hombre lo observaba sigilosamente. Volvió a ponerlo en el mismo sitio con mucho cuidado.

Se quedó contemplando el entorno. La Plaza de Armas, pues así se llamaba el lugar, ocupaba un área aproximada de una hectárea y estaba ubicada, justamente, frente al Palacio de los Capitanes Generales, que había sido la antigua sede del gobierno colonial y, se mantenía como sede del gobierno de la nueva república.

Un rato después, se dijo, mientras recogía sus cosas:

—Tan pronto pueda, volveré a tomar otro poco de aire fresco en este oasis.

Tomó rumbo al oeste por la calle Obispo, una de las vías principales, y se adentró en la urbe. Necesitaba encontrar un lugar confortable donde hospedarse provisionalmente los primeros días; después buscaría un sitio más adecuado donde establecerse el tiempo necesario.

En su deambular, indagó con los vecinos de la zona hasta que decidió tomar por la calle Mercaderes rumbo a la bahía.

ΦΦΦ

La tarde comenzó a dar paso a la noche. Rómulo, decidió bajar a cenar. Había alquilado una habitación por uno o dos días en el hotel Santander, un inmueble pequeño pero muy acogedor ubicado muy cerca de la bahía. Desde su ventana podía ver la Alameda de Paula, un paseo muy famoso. Allí se reunían los vecinos en las noches, para tomar el fresco en sus bancos o, para pasear bajo la luz de las farolas.

Al salir a la calle, su vista se cruzó furtivamente con la de un señor que estaba de pie en la acera de enfrente. El individuo esquivó rápidamente su mirada y se alejó. Rómulo, echó a andar, mientras comentaba en voz baja:

—Me da la impresión de que a este sujeto ya lo he visto hoy.

Siguió rumbo hacia la Alameda y allí, se adueñó de uno de sus bancos.

Un rato después, un muchacho de unos doce años que vestía pantalones cortos con tirantes y una gorra negra de visera muy larga, se acercó y le preguntó:

—Buenas noches, caballero. ¿Desea el señor que le lustre sus zapatos?

—Claro que sí, amigo.

El limpiabotas comenzó su tarea y, a continuación, se inició la charla. Así supo Rómulo cómo se llamaba el chico, entre otras cosas.

Después de terminado el trabajo, el muchacho recogió sus bártulos y propuso:

—Si usted lo desea, nos podemos ir ahora mismo hasta la casa de huéspedes donde trabaja mi hermana para que se hospede allí.

—Gracias, pero ya tengo *paga* esta noche. ¿No puede ser mañana?

—Es que por la mañana voy a la escuela. Sería tal vez por la tarde. ¿Nos vemos aquí al atardecer, si le parece bien?

—Perfecto —respondió Rómulo—. Hasta mañana entonces, Rolando.

—Hasta mañana.

Al alejarse, el muchacho gritó:

—¡Me puede decir Rolo, que es como dicen todos!

Rómulo dio un paseo y luego regresó al hotel. En su habitación, sacó del bolso un antiguo y grueso libro, se acomodó en un mullido butacón y estuvo leyendo hasta bien entrada la noche.

ΦΦΦ

Al día siguiente, cuando Rómulo se aproximó a la Alameda vio que el muchacho estaba lustrando los zapatos de un señor, mientras tarareaba una alegre melodía. Se saludaron y se acomodó con su equipaje en uno de los bancos cercanos.

—Disculpe por la espera, pero tengo que atender el negocio —dijo el muchacho sonriendo.

—No te preocupes, tómate el tiempo que necesitas.

Un rato después ambos caminaban por la calle Muralla. El sol comenzaba a ocultarse.

—Esta zona no está tan iluminada como la Alameda, pero es bastante tranquila —advirtió el muchacho.

—¿Por qué se llama así esta calle?

—Verá usted, según me han contado por, aquí estaba una de las puertas de la antigua muralla que rodeaba la ciudad en sus inicios.

—Qué interesante.

—Dicen que por el día se mantenían abiertas y en las noches, después de las nueve, cerraban los grandes portones para protegerse de los asaltos... Pero eso fue hace muchos años, cuando todos esos terrenos que están después del Paseo del Prado eran solo bosques.

—Entiendo.

—Mucho después, con el paso de los años la ciudad creció y determinaron que la Muralla era un obstáculo, entonces decidieron quitarla.

La conversación fluía de forma amena durante el trayecto cuando, de pronto, dos hombres salieron de un pasillo y, sorpresivamente, se abalanzaron sobre Rómulo. Uno lo agarró tenazmente y lo derribó, mientras el otro le arrancaba el equipaje de sus manos. A continuación los dos salieron a toda carrera llevándose las pertenencias del emigrante.

—¿Está usted bien? —preguntó el muchacho asustado.

—Sí, estoy bien —respondió Rómulo dando un salto y poniéndose de pie.

—Pues bien, vamos por ellos.

Rómulo lo miró y respondió con un gruñido:

—Para luego es tarde.

Ambos salieron corriendo a toda carrera detrás de los ladronzuelos. Rolo gritaba:

—Ataja, ataja..., ladrones...

Pero ya llevaban buena ventaja y habían doblado en la siguiente esquina. Al llegar hasta allí ya no había ni rastro de los rateros.

Rómulo y el muchacho siguieron caminando algo desorientados.

—Mire, don Rómulo, hay una riña en aquella callejuela.

—Es verdad, vamos hacia allá.

Un hombre corpulento peleaba con mucha destreza contra los dos ladrones y, después de golpearlos repetidamente, ambos salieron corriendo abandonando el equipaje de Rómulo.

El hombre se arregló su camisa y corbata, recogió su sombrero de paño del suelo y después de sacudirlo se lo colocó. Tomó la maleta robada y la puso en la acera.

Rómulo y el muchacho ya se acercaban corriendo. El hombre los miró, dio la espalda y caminó en sentido contrario.

—¡Gracias, señor! —gritó el muchacho.

El caballero devolvió el gesto levantando su brazo y siguió su camino.

Rómulo se quedó mirando al sujeto, algo intrigado. Después se acercó al equipaje y lo revisó hasta ver que el libro estaba en su lugar. Lo abrió y comprobó que el sobre y otros documentos estaban dentro.

El muchacho lo contemplaba.

—¿Todo está en orden? —preguntó.

—Sí. Todo está aquí.

—Qué suerte tuvimos que ese señor atrapara a los ladrones.

—Todo ha sido un poco extraño.

—Sí, es cierto —respondió Rolo mientras se acomodaba la gorra—. Tal vez es un policía secreto a algo así. Mejor nos vamos de aquí. Tomaremos por esta calle, que nos llevará directo a la casa de huéspedes de doña Clara.

—Parece un poco violento este vecindario.

—No crea usted; yo paso casi todos los días al oscurecer por aquí y nunca había visto algo semejante.

—Pensemos que ha sido pura coincidencia —comentó Rómulo mirando al muchacho.

—Claro que sí. No se preocupe.

El complot

(1867)

En una taberna de la zona norte de la bahía y algo apartados, dos hombres callaron cuando el mesonero se acercó y colocó dos jarras de barro llenas de vino sobre aquella rústica mesa de madera. Un candelabro ubicado sobre un mueble en la pared trasera despejaba un tanto la penumbra. El aroma de los puros habanos que exhalaban algunos inquilinos se esparcía por todo el recinto mezclándose a su vez con el olor a sazón de comida que llegaba desde la cocina ubicada al fondo.

—¿Cómo marchan los trabajos, primo Fernando? —indagó uno de ellos, después que el camarero se alejó.

—Todo bien. Sabrás que esto debe ser con mucha discreción, por lo que nos llevará tiempo.

—Correcto. Pero no podemos demorarnos demasiado. El envío será para el próximo mes.

Bebieron de sus jarras silenciosamente. Un cuarto de hora después, Ramiro, que vestía con uniforme militar de la Corona española, se puso de pie y se marchó. Era un hombre de mediana estatura, pelo crespo y oscuro, ojos azules y mirada penetrante. Fernando se quedó tranquilamente meditando:

«Estafar al capitán general de la isla no es un juego».

Los envíos de oro que iban desde la colonia hacia España eran estrictamente vigilados. Resultaba casi imposible sobornar a alguien de la guardia que custodiaba las remesas; pero el plan que habían tramado entre los dos primos tenía bastantes posibilidades de tener éxito.

El Palacio de los Capitanes Generales era el edificio que albergaba al gobernador de la colonia. En 1776, en los inicios de su construcción, se proyectó de forma secreta la realización de un pasadizo subterráneo que unía una habitación de dicho Palacio con el sótano de una las casas del lote del frente. El pasadizo pasaba por debajo de la calle Obispo, y se ideó con el objetivo de facilitar una salida estratégica para el capitán general. Unos veinte años después la, casa citada pasó a manos de otros dueños, por lo que el residente oficial del Palacio determinó la clausura de dicha comunicación. Todo quedó en el olvido hasta que casi un siglo después uno de estos dos señores, el contratista, hizo el hallazgo cuando realizaba unos trabajos de reparación en la casa de la calle Obispo. Pensando que tal vez podía encontrar algo valioso en el pasadizo, lo mantuvo en secreto hasta que investigó en los archivos y supo hacia dónde llegaba el túnel. Así surgió la idea.

ΦΦΦ

Don Fernando, un joven español que rondaba los veinticinco años, poseía un dominio innato en las técnicas constructivas de la época. Debido a su perseverancia y responsabilidad ante el trabajo, había realizado varias obras importantes en la ciudad. Durante su estancia en la isla había contraído matrimonio con una hermosa criolla de ideales independentistas que, poco a poco, había ido modificando su forma de pensar. La extracción de las riquezas de la isla, y los desmedidos impuestos y aranceles que eran aplicados a los comerciantes y productores, iban a parar a las arcas de la Corona. La industria azucarera necesitaba de un urgente impulso inversionista para su desarrollo; sin embargo, la metrópoli nada hacía al respecto. La colonia no pasaba de ser puramente eso, y dentro de los propios hacendados criollos se gestaba la independencia...

Durante casi un año las recaudaciones de todas las ciudades de la colonia se enviaban a la Villa de San Cristóbal. Allí eran guardadas en los sótanos del Castillo de la Fuerza bajo una estricta protección. Un día antes de ser embarcada esta remesa en uno de los navíos de la flota que la llevaría a España, la misma era transportada al Palacio del Capitán General. Allí se hacía una revisión, se preparaba toda la documentación y se lacraban los cofres. Después de la cena, la remesa quedaba bajo la custodia de la guardia del Palacio precisamente en la biblioteca ubicada entre las habitaciones privadas del capitán general y de su esposa. Al día siguiente era enviada a España.

El pasadizo secreto quedaba exactamente en una doble pared que separaba ambos locales. Se accedía al mismo desplazando un armario de roble repleto de libros que giraba mediante un antiguo mecanismo, de lo cual nadie estaba al tanto en el Palacio.

Ambos primos se habían unido en esta acción porque formaban parte del grupo de ciudadanos que tenían ideas reformistas y no veían con agrado una serie de leyes impuestas por el actual capitán general, que recrudecían más la dependencia comercial absoluta de la isla con España y el absolutismo monárquico dentro del gobierno. Los aires de independencia se habían esparcido por las colonias españolas en América y ya la mayoría de ellas la había alcanzado. Pero como la Villa de San Cristóbal y su puerto eran un punto estratégico para el comercio, la corona se aferraba a no ceder un ápice a los independentistas.

El contratista quería destinar su parte del botín a la causa criolla, mientras que el oficial pensaba abandonar la isla y asentarse en algún otro país.

Ramiro era nada más y nada menos que el capitán de la guardia del Palacio, por lo cual tenía completo acceso al edificio.

ΦΦΦ

Pocos días después, en una noche inusualmente fresca, Fernando y Ramiro se reunieron en la misma taberna. Luego de los corteses saludos y los inevitables comentarios acerca de la agradable temperatura, la conversación giró hacia el objetivo de la cita.

—¿Cómo van los trabajos en el túnel? —preguntó el oficial.

—Todo bien. Tengo buenas noticias. Ya salimos al otro lado de la zona derrumbada y hemos llegado hasta el mismo Palacio.

—Perfecto. Posiblemente dentro de dos semanas arribe la flota que transportará la remesa, así que estamos dentro del plazo.

—¿Cómo haremos para restablecer el mecanismo de acceso desde el Palacio? —preguntó Fernando.

—Yo me encargaré de idear algo para que puedas trabajar allí —contestó Ramiro—. En esta semana el capitán general y su esposa, viajarán un par de días a otra provincia.

—Entonces espero tu aviso. Pero... ¿cómo vas a conseguir el sello del capitán general?

—Ah... Muy interesante tu pregunta... Pues, con una dama enamorada.

Los dos hombres sonrieron y bebieron otro sorbo de vino. Un rato después ambos se marcharon por distintos rumbos.

ΦΦΦ

A los pocos días arribaba a la bahía la flota encargada de recoger los impuestos de las colonias.

El día esperado por los dos primos, llegó. Todo se realizó como de costumbre y aquella noche los cofres repletos de doblones y joyas quedaron guardados en la recámara del Palacio, bajo la guardia oficial del mismo.

Ese día dos hombres trabajaron hasta bien entradas horas de la noche en la casa de la calle Obispo.

—Vamos a comer algo y descansaremos un rato, compadre.

—Como usted diga, don Fernando.

Lisardo era un joven de mediana estatura, no fornido, pero muy ágil y diestro en su oficio.

Casi a medianoche los dos hombres se adentraron en el oscuro túnel. Al llegar al nivel del sótano del Palacio, subieron por aquella angosta escalera de madera que los llevaría hasta las estancias del segundo piso. El espacio era demasiado reducido, por lo que para lograr llegar arriba debieron hacer muchas piruetas con el cofre que cargaban. Allí esperaron un rato.

Ramiro, mientras tanto, hizo un recorrido en el Palacio por los puestos de la guardia y se las ingenió para enviar a descansar al soldado que estaba frente a la puerta de la recámara que guardaba el oro.

Esta habitación era bastante conocida por Ramiro. Digamos que la misma guardaba algunos secretos de una relación romántica que sostenía con una dama de allí. La biblioteca del palacio del gobernador mantenía su mobiliario original de estilo barroco, contaba con dos paredes de armarios llenos de libros, dos grandes butacones y una mesa con dos sillas.

El capitán abrió la puerta sigilosamente y entró. Dirigió sus pasos a la parte central de uno de los libreros de roble y movió el adorno de bronce que poseía en su parte más alta, segundos después el mueble comenzó a girar silenciosamente y poco a poco se dejó ver la entrada hacia el túnel.

—Buenas noches primo Ramiro ¿cómo están las cosas por aquí? —preguntó Fernando en un susurro al asomarse a la habitación.

—En calma. Yo vigilaré en el pasillo, al frente de la puerta. Cuando todo esté listo me avisas y se marchan, que yo me encargaré de cerrar el pasadizo —contestó el jefe de la guardia.

—De acuerdo.

—Aquí está el sello del gobernador para lacrar el cofre que has traído; pero no olvides dejármelo sobre esa mesa para devolverlo a su lugar.

—Todo se hará como hemos acordado, no te preocupes —respondió Fernando.

Ramiro se marchaba cuando Lisardo que se había aproximado a las remezas intervino:

—Un momento vean esto, creo que tenemos un problema, las arcas son distintas a la que hemos traído.

—¡Recórcholis! —exclamó el capitán—, las cambiaron.

—Tendremos que pasar al plan B y abrirlo para hacer el trueque del oro por los metales —dijo Fernando.

—Pues en marcha, que tenemos poco tiempo —agregó Lisardo.

ΦΦΦ

El plan inicial de los dos primos consistía en sustituir uno de las arcas con oro y plata de dicha remesa por otro semejante y con un peso similar, pero relleno de metales inservibles, de forma tal que el trabajo fuera rápido.

Lisardo recurrió a uno de sus tantas habilidades, era un hombre de muchos oficios. Con una ganzúa se dio a la tarea de abrir aquel majestuoso candado. Para suerte de todos en pocos minutos lo logró, entonces evitando hacer el más mínimo ruido, comenzaron a pasar las prendas, joyas y doblones de uno hacia el otro.

Un rato después las gotas de sudor corrían por las frentes de ambos amigos, pero el trabajo estaba terminado. Cerraron el arca que dejarían y procedieron a lacrarla con el sello de la capitanía general.

Fernando dio dos leves toques en la puerta y Ramiro abrió.

—Ya está todo listo —susurró a su primo—, pongamos todo en su lugar.

Así lo hicieron, pero cuando cargaban el que se llevarían Fernando vio algo que brillaba en el piso de madera.

—¿Qué es eso?

Lisardo, con un rápido gesto lo recogió y lo mostró diciendo en voz baja:

—Es una pulsera de mujer.

—Déjame verla —pidió Ramiro—. Me la quedo, pues debo hacer un presente a una persona que, sin ella saberlo ciertamente, nos ha ayudado.

El contratista frunció el ceño, lo miró y le dijo:

—Sé cauteloso y espera unos días.

—No te preocupes, esa dama come en mi mano.

—Está bien, nos vamos.

—Nos veremos mañana —concluyó el capitán mientras cerraba el pasadizo.

Los dos hombres bajaron a duras penas por la angosta escalera. Casi al llegar al suelo, se quebró una tabla de un escalón, Lisardo perdió el equilibrio y el cofre golpeó ruidosamente contra la escalera. Los dos quedaron a la espera, silenciosos.

—¿Todo bien, Lisardo? —preguntó Fernando.

—Sí. Estoy bien, pero se me atascó el pie.

El ruido se había escuchado arriba, y la puerta del dormitorio del capitán general se abrió.

El gobernador, en traje de dormir, caminó por el pasillo hacia el oficial que hacía guardia en la puerta de la biblioteca. Era Ramiro, quien saludó militarmente al gobernador.

—Capitán Ramiro, ¿por qué está usted solo en la guardia?

—Su señoría, el otro soldado fue a descansar una hora.

—Abra usted esa puerta.

—A la orden, Su Excelencia.

El capitán general entró a la habitación y fue hasta donde estaban los arcones. Después de revisarlos indagó con voz acusadora:

—¿Usted no escuchó un ruido hace un momento?

—Sí, señoría. Al parecer fue abajo en la cochera. Tal vez algún caballo derribó algo, yo me encargaré de averiguar y mañana le informo a su señoría.

—Está bien, pero redoble la guardia hasta el amanecer. No quiero casualidades con esta remesa.

El hombre se alejó y Ramiro soltó un soplido.

«¿Qué habrá ocurrido en el pasadizo?», pensó.

ΦΦΦ

Fernando y Lisardo siguieron avanzando por el túnel hasta la casona de enfrente. Colocaron el cofre en un carruaje y lo cubrieron con otros materiales de construcción. Esperaron que amaneciera y, antes de que comenzaran a llegar los trabajadores que allí se desempeñaban, abandonaron el lugar rumbo a otro edificio que dirigía el propio don Fernando: el convento de Belén.

En dicha fábrica el contratista estaba construyendo la cubierta de la galería sur, que consistía en una serie de cúpulas de piedras de cantería. Entre dicha estructura y el techo de madera quedaba un ático por donde un hombre podría caminar, pero que no era utilizado para fines domésticos. Todo alrededor de la cúpula era rellenado con material calizo y piedras hasta casi el nivel superior de la misma, lo cual era imprescindible para lograr su fortaleza. Precisamente, en esos días el trabajo se había detenido por falta de fondos, y, según le habían informado a don Fernando, éstos no llegarían hasta el próximo año.

El contratista había decidido colocar el cofre dentro del relleno mencionado y cubrirlo con una capa de mortero, de forma tal que sería imposible de encontrar a no ser por uno de ellos tres. Esperarían unos días y después lo repartirían a partes iguales entre los dos primos; a su vez Fernando dividiría con Lisardo sus ganancias.

El edificio, visto en planta, poseía tres galerías en forma de U en las cuales se distribuían todos los locales.

Así lo hicieron. Después, el contratista realizó unos apuntes en uno de los planos arquitectónicos del edificio y los guardó para recordar exactamente el sitio donde colocaron el oro.

—Lisardo, esperaremos varios días, tal vez una o dos semanas y después sacaremos el botín.

—Como usted diga, don Fernando.

—Ese día repartiremos las ganancias tal y como acordamos.

—¿Qué piensa hacer con la entrada del pasadizo?

—La cerraremos con tablones tal y como estaba y después le aplicaremos un estuco con yeso.

ΦΦΦ

A la mañana siguiente la guardia del Palacio transportó la remesa hacia el barco que la llevaría a España. Esa misma noche Fernando, en un gesto de confianza, entregó a su primo una copia del plano arquitectónico donde se detallaba el lugar del escondite del cofre.

—Hasta ahora todo ha salido a la perfección —dijo el capitán— Claro, el robo se descubrirá aproximadamente dentro de un mes cuando el oro arribe a España.

—Más otros treinta días que se demore en llegar el aviso del desfalco aquí —señaló Fernando—, será tiempo suficiente para que el capitán de la guardia, que es el único vínculo, haya abandonado la isla. Parece un plan perfecto...

—Es un plan perfecto. Brindemos.

Pasaron los días y ambos se mantuvieron realizando sus acostumbradas tareas. Una semana después los primos conversaban nuevamente en la taberna del muelle.

—Creo que ya podemos repartirnos el botín —comentó don Ramiro—, todo marcha bien.

—Al parecer sí —respondió Francisco mientras degustaba un trago de vino.

—Aunque tal vez sea mejor esperar otra semana. De todas formas el oro está bien seguro donde lo tenemos y yo necesito unos días para preparar mi traslado. O, mejor dicho, mi fuga.

—De acuerdo. Por mi parte podemos esperar el tiempo necesario.

Al día siguiente Francisco se encontraba trabajando en la casa de la calle Obispo cuando un oficial, acompañado de otro soldado, se personó en el lugar.

—¿Don Fernando, el contratista? —preguntó el oficial al pararse frente a él.

—Así es —respondió el aludido.

—Usted deberá acompañarnos; tengo órdenes de la capitanía general.

—Será para algún trabajo, me imagino.

—No le sabría decir. Debo cumplir la orden de llevarlo conmigo.

—Pues... sí así es, le acompaño.

Lisardo quedó un poco sorprendido por lo que estaba pasando: «*En otra ocasión esto no me hubiese preocupado, pero después de lo que hemos hecho hace escasamente una semana...*», pensó.

Decidió volver al trabajo y esperar el regreso de Fernando.

Pero la espera no duraría mucho, pues a la media hora se personó nuevamente el oficial y Lisardo debió acompañarlo también.

En los días siguientes un nuevo contratista debió encargarse de las obras que don Fernando realizaba en la ciudad, pues una persona desconocida había hecho una denuncia en contra de los dos hombres, acusándolos de estar implicados con grupos desafectos a la Corona española. Eran tiempos difíciles, la situación entre la metrópoli y la colonia estaba sumamente tensa, las restricciones a la libertad individual de expresión de los cubanos conjuntamente con la imposibilidad de ocupar cargos públicos y políticos incrementaban a paso rápido el descontento entre los criollos.

Fernando trató de contactar a su primo, pero fue imposible. El capitán no se dio por enterado.

Como resultado, y a pesar de no tener pruebas reales contra ellos, ambos fueron enviados al destierro. La capitanía general los asignó a otra de sus colonias; bajo libertad, pero con la condición de que no podían regresar nunca más a la isla.

San Juan, en Puerto Rico, sería el nuevo hogar de ambos. Sus familias también fueron enviadas a los pocos días.

El botín de oro había quedado en manos del capitán Ramiro, que sería el único que podría extraerlo del convento. Quedaba por ver si repartiría el mismo como habían acordado.

En las noches posteriores, Fernando y Lisardo se harían esta pregunta muchas veces durante el primer año de destierro, cuando lo que ganaban casi no les alcanzaba para poner un plato de comida en la mesa de sus familias. Pero la respuesta no llegaría hasta mucho tiempo después.

San Juan, Puerto Rico

Los años pasaron y los dos amigos nunca recibieron noticias del capitán. El secreto del oro de la remesa fue cayendo en el olvido.

Al principio Fernando no quería dudar de la integridad de su primo, y siempre trató de buscar una explicación al asunto de la denuncia. Por su parte, Lisardo tenía dudas al respecto.

El contratista se arrepintió de haberse visto involucrado en aquella aventura. Se sentía culpable por haber incluido también a Lisardo y a su familia.

Los primeros tiempos fueron duros para las dos familias, pero poco a poco se fueron abriendo paso.

Fernando y Lisardo fundaron una pequeña compañía y con mucho esfuerzo obtuvieron contratos de trabajo que los sacaron adelante. Con el paso del tiempo organizaron nuevamente sus vidas.

Una noche en que ambos conversaban después de una cena familiar, Fernando dijo:

—Lisardo, ya no me quedan dudas de que tenías la razón.

—¿Acerca de qué, don Fernando?

—Acerca de aquella fraudulenta historia en la que nos vimos envueltos y que los dos conocemos.

—Ah... Eso es historia antigua, don Fernando.

—Creo que fue una lección que nos dio la vida. En realidad sí fuimos traicionados por mi primo. La avaricia se le podía ver en los ojos aquella noche en que hablamos en la taberna.

—No le dé más vueltas a eso. Mire hacia allá, su familia ha crecido y están contentos de estar aquí, y lo mismo pasa conmigo. Su hijo ya es un hombre que ha seguido sus pasos y en unos años se graduará de arquitecto, se casará y le dará nietos.

—Vuelves a tener razón, olvidemos el pasado y concentrémonos en el presente —respondió Fernando y levantando su copa de vino brindó—: Salud.

—Salud.

ΦΦΦ

El clima tropical de San Juan era similar al de La Villa de San Cristóbal. También así eran sus fortificaciones, sus construcciones religiosas y sus moradores; gente alegre y hospitalaria.

Don Fernando se había construido una casa cerca de la costa, su devoción por el mar no había cambiado. En las tardes salía a caminar por el litoral, unas veces acompañado por su esposa o alguna amistad, y otras, solo, pues le gustaba disfrutar de la brisa y el olor del salitre mientras realizaba un poco de ejercicio.

Aquella tarde dominical, Fernando se alejó mucho más de lo acostumbrado. Ya no caminaba tanto como en los tiempos de su juventud. Al pasar cerca de un muelle sintió que alguien lo miraba insistentemente desde allí. Se volvió y su vista se encontró con la de un hombre que, sentado, pescaba. Era un señor blanco en canas como él pero con una larga barba.

El hombre rápidamente esquivó la mirada y se hizo el desentendido, pero Fernando percibió algo que lo sacudió, transportándolo muchos años atrás.

Siguió caminando lentamente. Se detuvo y volvió la vista. Ocurrió lo mismo con el observador. Encaminó sus pasos hacia el muelle hasta detenerse frente al hombre, que ahora miraba hacia el mar.

—Perdone usted, pero me parece conocerle indagó Fernando.

El hombre lo miró y dijo:

—Soy yo, Fernando, tu primo Ramiro.

El contratista soltó un alarido, saltó sobre el pescador y le acertó un puñetazo en la mejilla que le hizo caer.

—Levántate y pelea, traidor —gritó Fernando.

Pero su primo no tenía intenciones de luchar.

—Todo tiene una explicación, Fernando.

—No quiero oír explicaciones... Mejor me marcho.

Diciendo esto, un tanto nervioso, el contratista se volvió por el camino que había venido.

ΦΦΦ

—¿Qué te ha ocurrido, Fernando? —le preguntó su esposa—. Se te ve agitado.

—No ha sido nada, solo una discusión que he tenido con un sujeto que se interpuso en mi camino. Pero ya pasó.

—¿Quieres que te prepare una tila o algo?

—Mejor tomaré una copa de vino afuera en la terraza.

—Yo te la traigo.

Aquella noche casi no pudo conciliar el sueño. No hizo comentarios de lo ocurrido con nadie. Pero al día siguiente en la tarde caminó hasta el muelle. El pescador no estaba por allá.

Durante esa semana volvió al lugar en tres ocasiones, pero fue en vano. Transcurrieron así varios días.

Fernando sentía curiosidad por saber de qué forma su primo había malgastado aquella fortuna y había caído en la miseria.

El domingo por la tarde salió de nuevo a dar su paseo. Se las agenció para esquivar la compañía de su esposa. Quería encontrarse con el pescador. Estuvo cerca del muelle donde lo había visto días atrás. Después continuó caminando y al pasar cerca de una cabaña oyó una voz que le preguntó:

—¿Desea el señor una taza de café? —Era su primo. Su voz había cambiado un poco, pero la reconocía—. ¿Ya estás más tranquilo para conversar? Acércate y toma asiento.

Los dos se sentaron en el portal de aquella cabaña.

—Juana, por favor —rogó Ramiro a una señora que estaba dentro de la cabaña—, ¿puedes colar café? Tenemos visita.

—No tiene por qué molestarse —balbuceó el visitante.

—No es ninguna molestia —respondió la señora—. Además, casualmente estaba por hacerlo.

Los dos primos se miraron.

—Todavía golpeas duro —señaló Ramiro tocándose la mejilla.

Fernando sonrió.

—Solo quisiera que me explicaras de qué forma te las agenciaste para derrochar aquella fortuna.

Ramiro sonrió, miró hacia el mar y respondió:

—Es verdad que tuve la culpa de lo que les ocurrió a ustedes dos, pero no fue de la forma en que piensas.

—¿Me vas a decir que no nos traicionaste?

Ramiro lo miró fijamente.

—Aquí está el café —anunció la señora al acercarse.

—Muchas gracias.

—Que les aproveche —respondió mientras se volvía hacia el interior de la vivienda.

Los dos hombres degustaron las tazas.

—¿Recuerdas que aquella noche en el palacio un estuche de piel con una pulsera de oro y diamantes había caído al piso y me la entregaste?

—Claro que sí. Dijiste que la querías para alguien, si mal no recuerdo.

—Dije que la necesitaba para hacer un regalo de agradecimiento.

—Correcto... ¿y bien?

—Pues hice lo que te dije, le entregué a aquella dama su regalo.

Fernando hizo un gesto interrogativo alzando los hombros.

—Ella era la dama de compañía de la esposa del capitán general.

Fernando frunció el ceño y sin poder disimular la contrariedad que le producía la noticia rezongó:

—¡Qué locura!

Ramiro sonrió.

—Yo no sé cómo me involucré contigo en aquella aventura —añadió Fernando.

—Por el oro, por supuesto.

—Entonces, ¿qué pasó?

—Aquella noche, mientras conversábamos en la taberna, el capitán general, que estaba tratando de conquistar a aquella dama, descubrió al entrar a sus aposentos la dichosa pulsera.

—¡Vaya, vaya!... Así que el hombre estaba detrás de la dama.

—Así fue. Y dio la casualidad de que reconoció la prenda.

—No te creo.

—La dama le dijo que lo había encontrado en el piso de la biblioteca. Pero el capitán general, que no sé por qué razón intuyó de dónde provenía la joya, no le creyó. Horas después la guardia del Palacio se me vino encima.

Ramiro se quedó pensativo por un momento, con la mirada fija en el horizonte. Después balbuceó:

—El capitán Ramiro fue degradado y enviado a los calabozos de Castillo de la Fuerza, como posible sospechoso de robo a la Corona de España. No había suficientes pruebas, por lo que habría que esperar por el informe de recepción de la remesa que enviaría el tesorero desde España.

—¿Entonces descubrieron la estafa cuando aun estabas en la isla?

—Dos meses y medio después llegaría el informe. ¿Y sabes cuál es la mejor parte de la historia?... España nunca recibió la remesa. Según contaron, el barco había sido atacado la misma noche que arribó al puerto de Sevilla por unos piratas/corsarios y los cofres pasaron a ser propiedad de otros dueños.

—¿Cómo es eso? ¡Esto quiere decir que nunca supieron lo que hicimos!

—Nunca... El capitán general me envió a otra colonia. En realidad estaba celoso por mi relación amorosa con aquella dama.

—¿No pudiste volver a la isla? —preguntó Fernando.

—Sí, regresé catorce años después, cuando me lo permitieron.

—¿Y el plano que te entregué? ¿Por qué no sacaste el oro?

—Yo no pude recoger nada de lo mío cuando me trasladaron, y además no tenía ni la más remota idea de dónde estaba el oro.

—Espera un momento, eso quiere decir que todavía el cofre debe estar donde lo dejamos.

—Bueno... Yo pensaba que tú lo habrías sacado ya.

—Para nada —ripostó Francisco—, nosotros tampoco pudimos regresar en aquella época.

Los dos hombres miraron hacia la costa y se quedaron pensativos durante un largo rato. Ya el sol se ocultaba por encima de las tranquilas aguas y la tenue luz del atardecer alargaba las sombras de las palmeras que rodeaban la cabaña.

No cruzaron más palabras. Después de la puesta del sol, Francisco se puso de pie:

—Ha sido un bonito atardecer.

—Creo que ha sido uno de los mejores que he visto desde que estoy por aquí.

—Hasta mañana, Ramiro.

—Hasta mañana, Francisco.

ΦΦΦ

Pasaron un par de semanas hasta que los dos primos volvieron a reunirse en la cabaña de la playa. En esta ocasión, Francisco venía acompañado por su compadre Lisardo.

Los tres hombres se saludaron y se sentaron en el portal de la cabaña. Después que el sol ya se había puesto, Francisco desenvolvió un viejo pergamino que traía en un estuche.

—Señores —dijo—, este plano que ven aquí es uno de los proyectos del edificio que supuestamente guarda nuestro tesoro en La Habana. Lo vamos a dividir en tres partes, una para cada uno de nosotros.

Los otros dos hombres quedaron algo sorprendidos.

—Debemos tomar una decisión al respecto —continuó—, de lo contrario seguiremos el resto de nuestras vidas pensando en el dichoso cofre.

—Creo que es una idea muy acertada —afirmó Ramiro con un gesto.

—De acuerdo —sostuvo Lisardo.

—Pues bien —Francisco explicaba su parecer cuidadosamente—. Pienso que nosotros ya estamos muy entrados en años para realizar este trabajo y, además, tenemos responsabilidades que atender aquí.

—Yo no tengo ninguna —sonrió Ramiro—, a no ser la de alimentar a los peces. Pero sí estoy de acuerdo con lo de la edad.

—Mi idea es la siguiente. Cada uno de nosotros deberá designar una persona joven y preparada, de su entera confianza y que sea capaz de representarlo en esta aventura.

—¿Qué aventura? —inquirió Lisardo.

—Estas tres personas se encontrarán en La Habana. Allí trabajarán de forma encubierta para averiguar si alguien hizo el hallazgo del cofre.

—¿Y si no lo han encontrado? —preguntó Lisardo.

—Si no ha ocurrido nada al respecto, entonces estudiarán y prepararán un plan para recuperar el cofre, que aún debe estar en aquel edificio. Cada uno llevará la parte del plano que nosotros poseemos. Si el plan resulta y recuperan el oro, entonces será entregado a sus legítimos dueños.

—¿A quién, a la Corona española?

—¡Vamos, Lisardo, eso será una broma tuya! —apostilló Ramiro riendo a carcajadas y poniéndose de pie—. A nosotros, que somos los legítimos dueños. Con todo lo que nos hicieron padecer esos extorsionistas… No faltaba más.

Fernando sonrió y volvió a tomar la palabra:

—Ahora el tesoro se dividirá en tres partes y cada uno de nosotros gratificará a su forma a las personas que vamos a enviar. ¿Están ustedes de acuerdo? —preguntó Francisco.

—Por mi parte sí —afirmó Lisardo.

Ramiro se había puesto de pie y miraba a lo lejos hacia el mar.

—¿Qué dices a esto, Ramiro?

El excapitán se volvió hacia ellos. Una pícara sonrisa se asomaba por detrás de aquella descuidada barba. Su rostro, arrugado y azotado por el viento del mar, parecía otro. Sus ojos brillaban como en los viejos tiempos.

—Precisamente, mi estancia en esta isla tenía ese objetivo. Yo supe que ustedes vivían por aquí y quería contactarlos, pero no sabía si habían sacado el oro —tras el comentario alzó la voz—: ¡Juana, por favor, trae una botella de vino que esto hay que celebrarlo!

Y a continuación comenzó a cantar unas coplas y a bailar en la arena, frente a la cabaña.

Una hora más tarde, bajo la luz de la luna y en la orilla del mar, se realizó un juramento y un brindis. La suerte estaba echada nuevamente.

La casa de huéspedes

Rómulo y Rolo llegaron a la casa de huéspedes de doña Clara. Era una gran casona de mampostería de dos plantas, pintada de color blanco y con la carpintería y los detalles en azul.

En su fachada estucada, tres grandes portones de madera limitaban el paso desde la acera hacia el zaguán; el del centro era el acceso, los otros dos tenían verjas de madera. A continuación, un amplio corredizo donde estaba la escalera y después un gran patio interior descubierto con mucha vegetación; una fuente de agua en el centro y varios asientos completaban aquel pequeño oasis, típico de estas viviendas de estilo colonial. Una galería techada se extendía alrededor del patio, por la cual se podía acceder a las distintas habitaciones. Al fondo estaba el área de servicio, la cocina y el comedor.

—Buenas noches, Rolo. ¿Qué te trae por aquí a estas horas? —preguntó doña Clara.

—Buenas noches, doña. Aquí me acompaña un señor que necesita hospedarse y yo le recomendé su casa.

—Ah, muy bien. Pasen adelante.

Doña Clara era una señora de unos sesenta años, de pelo canoso y ojos de un peculiar color azul. Denotaba ser una persona instruida y con muy buena educación. El largo vestido azul claro realzaba el color de sus ojos y aunque solo dejaba entrever sus tobillos se adivinaba un cuerpo delgado y bien formado que no había perdido la flexibilidad con los años.

Un rato después, Rómulo se despidió de su nuevo amigo y tomó la escalera dirigiéndose al segundo nivel. Otra galería techada con barandas de balaustres permitía el paso a las distintas habitaciones. Hacia el frente, y sobre el zaguán, quedaba un gran salón de estar, donde los inquilinos se reunían a distintas horas para beber un café, charlar o leer.

Rómulo se instaló. Después de tomar un baño bajó a cenar.

Doña Clara se acercó a su mesa.

—¿Me permite sentarme? —preguntó ella.

—Por supuesto, es un honor que me hace.

—¿Qué le ha parecido la cena?

—¡Fantástica! La sazón de su cocina me ha recordado mucho la forma de cocinar de mi madre. Estos frijoles negros con arroz blanco y carne guisada están para chuparse los dedos.

—Elena, la preparó, ella es algo especial para nosotros, le da vida a esta casa, y todos los huéspedes la adoran.

—No es para menos. La felicito.

—A estas horas ya se ha ido a su casa, pero mañana la conocerá.

Rómulo afirmó con un gesto, e ingirió otro bocado

—Le recomiendo el flan de calabaza como postre.

—Por supuesto que lo aceptaré.

—Qué bien. Quería invitarlo a que más tarde pase por el salón de estar, así conoce a otros inquilinos y se toma una taza de café.

—Con mucho gusto, allí estaré —contestó Rómulo y, cuando la señora se dispuso a marcharse, se puso de pie en un gesto de cortesía.

ΦΦΦ

Era un gran salón. Serviría muy bien para dar un baile allí. El balcón corrido que daba hacia la calle permitía la entrada de la brisa que venía desde el puerto. Un antiguo techo de alfarje con sus elaboradas decoraciones y un piso de coloridos mosaicos completaban la pieza.

Unas siete personas se encontraban allí. Cada cual con sus historias a cuestas. Unos con deseos de contarlas y otros con ganas de olvidar. Algunos estaban de paso, otros vivían allí perennemente. Eran un periodista, un comerciante, una pareja de turistas italianos, un escritor norteamericano y una pareja de ancianos.

Doña Clara se encargó de presentar a Rómulo a los allí presentes. Por último, conoció a los dos ancianos que conversaban entretenidamente con la turista.

—Ellos son mis padres, los propietarios de la casa.

—Mucho gusto, mi nombre es Rómulo para servirles.

—El gusto es nuestro. Siéntese, está usted en su casa —dijo la anciana con un gesto de bienvenida al nuevo inquilino.

La noche transcurrió placenteramente y la tertulia duró casi hasta la medianoche, pues los dos ancianos eran muy conversadores.

Doña Clara tuvo que interceder a favor de Rómulo, que ya no sabía cómo ocultar los bostezos.

—Madre, el señor debe estar agotado y ya debe irse a la cama.

—Es cierto, perdone usted la charla.

—De ninguna manera, ha sido un placer —respondió el aludido poniéndose de pie—. Pero es cierto que estoy algo agotado. Hasta mañana.

—Hasta mañana. Que duerma usted bien.

—Gracias.

ΦΦΦ

No muy lejos de la casa de huéspedes, en la oficina de un club nocturno, un hombre de pie exclamaba furiosamente:

—¡Eres un inepto... estúpido! ¿Cómo pudieron dejar que les quitaran la maleta?

—Ese hombre apareció de pronto y nos sorprendió, jefe. Corríamos con la maleta. Ya el pan estaba comido, jefe, cuando el tipo salió de la nada. Derribó a Tato y me cogió a mí por el hombro. ¡Óigame, peleaba como un boxeador! Nos acabó a los dos en un momento... ¡Si tengo la quijada que casi no puedo hablar!

—¡Bah!... Vete ahora. No quiero oír más quejas.

—¿Y el dinerito, jefe?

—¿Qué dinerito, estúpido, si no trajiste la maleta? Anda lárgate. Ahora tengo que ver cómo me justifico yo.

ΦΦΦ

Rómulo despertó muy temprano en la madrugada, sintió un ruido en el techo, como si alguien caminara sobre las tejas. Todavía no amanecía, pero un peculiar olor a café recién colado había invadido la habitación, que por cierto era la última de la galería y quedaba ubicada sobre la cocina y el comedor de la casa.

De vez en cuando se escuchaba el canto de algún gallo, cosa típica de la isla. Poco después sus oídos se recrearon con el tarareo de una melodía en la voz de una mujer.

«Me imagino que esa mujer que canta a estas tempranas horas deberá ser la cocinera preparando el desayuno», se dijo.

Se quedó otro rato recostado en la cama, pensando:

«Creo que los señores padres de doña Clara me pueden ayudar en lo que tengo que averiguar. Ellos conocen muy bien esta ciudad y a muchos de sus habitantes. De seguro han oído hablar del tema que me interesa... Pero debo agenciármelas para no despertar sospechas».

Rómulo se incorporó. Un rato después de asearse, se dirigió al comedor.

Era un lugar acogedor al que se accedía desde el patio interior del inmueble. Un pasillo central dividía el espacio quedando a ambos lados varias mesas, de cuatro y dos comensales, distribuidas de forma simétrica. Las paredes poseían una moldura de madera horizontal a un metro de altura, que corría por todo el perímetro del local, la parte inferior estaba pintada en color verde pistacho, y la parte superior en color blanco. Las mesas y sillas barnizadas con manteles a cuadros en tonos verdes. En las paredes se apreciaba una serie de fotos de la época, las que reflejaban momentos específicos durante la estancia de los visitantes y residentes permanentes en la casa de huéspedes que habían sido tomadas por el padre de doña Clara en ocasiones festivas, comidas y cumpleaños, el anciano era un ferviente aficionado a la fotografía.

No había nadie desayunando. Tomó asiento y echó un vistazo hacia el fondo donde quedaba una doble puerta vaivén de estilo colonial con vitrales, que limitaba el acceso a la cocina. Desde allí se escuchaba el tarareo:

Mamá yo quiero saber
De dónde son los cantanteeees
Que los encuentro galantes
Y los quiero conocer
Con su trova fascinante
Que me la quiero aprender...

Rómulo sonrió, entonces cogió un periódico y se puso a ojearlo. Por un momento se entretuvo en la lectura y no se percató de que la cocinera se le acercó con una taza de café.

—¿Gusta el señor de un cafecito recién colado?

Él levantó la vista y al verla se sorprendió:

—¡Cómo no!, muy amable de su parte, gracias.

—No es nada, que le aproveche. Elena… para servirle.

—Mucho gusto, Rómulo, para lo que usted ordene.

Ella dio la espalda y se marchó a la cocina.

«¡Madre mía, qué ojazos azabaches tiene esa joven! ¡Y qué figura tan bella! Parece una guitarra española», pensó Rómulo, que la siguió con la vista hasta que ella entró por la puerta.

«No me imaginé que la cocinera de esta casa fuera algo tan especial. No en balde la comida estaba tan deliciosa».

Unos minutos después ella regresó.

—Entonces, ¿usted es el nuevo inquilino?

—Sí, llegué anoche. Un amigo mío me recomendó el lugar.

—Parece recién llegado a esta ciudad. ¿No es cierto?

—No me irá usted a decir que aparte de cocinera es adivina.

—¡No! De ninguna manera, señor mío. Cualquiera se daría cuenta de eso, pues con la cara de novato que usted tiene, esa barba con ese mostacho debajo de su nariz aguileña y el acento al hablar...

Rómulo se ruborizó:

—Bueno, yo creo que no es para tanto.

Elena comenzó a reír.

—Es una broma, no se ponga bravo. Yo soy así, un poco fresca con las personas.

—Ya veo.

—Solo lo hago para sacarles una sonrisa de vez en cuando. Aunque con usted todavía no lo he logrado.

—Es que en realidad no me han hecho mucha gracia sus chistes alegóricos a mi persona.

—¡Vaya, vaya! Si el señorito se zumba, tremendo genio —exclamó ella y comenzó a reír nuevamente mientras se balanceaba y su ancha saya blanca ajustada a su cintura de avispa le acariciaba su torneada figura.

—Buenos días —saludó un inquilino que acababa de entrar al comedor interrumpiendo la conversación.

—Buenos días —contestaron ambos.

—Siéntese, señor. Ahora le traigo un cafecito.

—Muchas gracias, Elena. Usted tan atenta como siempre.

Ella se acercó a Rómulo e inclinándose hacia él le susurró:

—Ya ves que no soy tan pesada cómo crees.

Rómulo tragó en seco y miró hacia otra parte ruborizándose nuevamente, pues al inclinarse ella sobre él sintió aquel aroma de perfume en su rostro y la cercanía de su escotada blusa le puso la carne de gallina. No supo que decir.

Ella se alejó sonriendo, con un movimiento al andar que más bien parecía una danza, mientras que su larga y trigueña cabellera ondeaba a su paso.

«Elena es muy bella, pero su carácter es un poco liberal. No estoy acostumbrado a tanta frescura. ¡Apenas nos acabamos de conocer!», pensó Rómulo mientras comenzaba a ojear nuevamente el periódico.

Después de desayunar subió a su habitación. Tomó los documentos que tenía guardados y comenzó a hojearlos. Se detuvo en un sobre abierto y extrajo una carta para releerla.

6 de mayo de 1920

Querido hijo:

Deseo que al recibo...

Tu padrino Lisardo y yo, necesitamos que tú te encargues de un asunto muy importante para toda la familia. Deberás interrumpir tus estudios y viajar a la ciudad de La Habana en la Isla de Cuba. Cuando estés allá nos envías un telegrama y nos dices dónde estás residiendo. Otra persona de confianza te contactará y juntos harán este trabajo.

Extrajo aquel pedazo de un antiguo pergamino que había recibido de su padre junto con la carta. Todavía no entendía muy bien de qué se trataba el asunto. El documento era una fracción de un plano arquitectónico de un edificio, pero no sabía cuál era la ubicación o el lugar donde se encontraba el mismo en aquella ciudad. En el dibujo aparecían unas frases escritas y unos señalamientos a tinta, que había hecho su padre muchos años atrás, pero nada explícito. Estuvo analizando un rato el dibujo. Decidió que debía hacer una copia del documento u ocultarlo en algún lugar, pues ya la noche anterior había estado a punto de perderlo en aquel fortuito asalto. Después lo guardó y tomó aquel antiguo libro que lo acompañaba. Allí pasó un par de horas estudiando.

No se había percatado del tiempo transcurrido cuando alguien tocó a la puerta.

—Buenos días, don Rómulo.

—Buenos días, Rolo. ¿Qué haces tan temprano por aquí no fuiste a la escuela?

—Hoy es sábado, no hay clases. Entonces me dije: *«vayamos a saludar al nuevo residente, que tal vez quiera dar un paseo y así le muestro la ciudad»*.

—Has tenido muy buena idea. Acepto la invitación. Por cierto, ¿sabes de algún lugar donde pueda encontrar un mapa de esta zona? Me interesaría para poder orientarme mejor.

—Sí. Seguro lo hay en la librería de la calle Obispo.

—Entonces vamos —dijo Rómulo recogiendo su sombrero y su chaqueta—. También debo enviar un telegrama a mi padre.

—Yo lo acompaño.

Salieron a la calle y echaron a andar. Después de unos minutos llegaban a la Plaza Nueva. Era una hectárea de terreno no construida y de forma cuadrada. Allí concurrían cuatro de las tantas calles que conformaban la ciudad. Era un gran espacio al aire libre que se ubicaba en la intersección de las calles Teniente Rey y Mercaderes. En aquel lugar se concentraba un gran número de vendedores, que desde sus tarimas y tiendas improvisadas ponían a disposición de los vecinos de la villa un sin fin de productos comestibles y caseros. El colorido del lugar era fabuloso y qué decir de la diversidad de olores y fragancias que amenizaban el recorrido. Frutas tropicales frescas y maduras, hortalizas, quesos y pescados, flores, plantas medicinales, tabaco en ramas, comidas recién preparadas. Era muy difícil pasar por ese lugar y mantenerse ajeno e inapetente. Rómulo fue seducido por una mesa repleta de mangos manzanos, piñas y mameyes.

—¡Rolo mira estas maravillas! probemos algunas de estas frutas.

—Si de verdad que se ven apetitosas.

—¿Cuál deseas?

—Me gustaría uno de estos mangos.

—Bien, yo me llevaré uno de estos mameyes, y dos o tres mangos.

El vendedor se apuró en despacharles el encargo y después del pago y las correspondientes gratitudes entre ambos, prosiguieron el paseo.

De pronto Rómulo agarró a Rolo por el brazo y señaló:

—Mira, Rolo, creo que ese fue uno de los hombres que nos atacó anoche.

—Sí, a mí también me lo parece.

—Vamos a seguirlo, tal vez obtengamos alguna pista.

Así lo hicieron. El hombre echó a andar despreocupadamente por la calle Teniente Rey y un rato después entraba en un bar de la Avenida del Puerto.

—Espérame, tú no puedes entrar allí —le pidió Rómulo—. Yo lo seguiré.

Se asomó a la puerta y entró disimuladamente como si estuviera curioseando o buscando a alguien. Era una taberna de aspecto rústico que olía a ron barato y cerveza cruda. Caminó a todo lo largo de aquella barra de roble donde varios hombres y algunas mujeres conversaban y degustaban sus tragos. El barman lo miró interrogativamente esperando que tomara uno de los asientos, pero Rómulo pasó su vista rápidamente por el mostrador y siguió camino hacia la otra puerta que daba hacia la calle.

Unos minutos después se unía a Rolo.

—Entonces, ¿lo encontró usted?

—Está bebiendo. Esperemos allí al doblar de la esquina hasta que salga.

Casi una hora después lo vieron. Por su aspecto y la forma de caminar a pesar de intentar mantenerse erguido, se advertía que había bebido en abundancia.

—Mire usted, el hombre va por allá —señaló Rolo—, vamos tras él.

El ladrón siguió su camino, al parecer no se había percatado de que lo seguían. Comenzó a alejarse hacia el sur, rumbo a los barrios más pobres de la ciudad.

—Señor Rómulo, nos estamos alejando mucho y estos barrios no son muy tranquilos que digamos.

—No te preocupes, necesito saber más de este hombre.

—¿Es usted detective, don Rómulo?

—No, aunque me hubiese gustado ese trabajo —respondió y comenzó a reír.

Rolo tenía parte de razón en lo que decía. Habían entrado al barrio de Atares, en realidad no era uno de los más riesgosos en las horas del día, pero en la noche si era un lugar para respetar, se conocía extraoficialmente como un área donde habían proliferado las casas de juegos ilegales, la prostitución y todo tipo de negocios ilícitos, dominado por una poderosa pandilla del bajo mundo. Las edificaciones se apretaban unas contra otras, pared con pared. Cada cierto tramo se habrían pasillos a veces anchos y a veces angostos por donde se entraba hacia los distintos inmuebles conocidos estos como cuarterías, allí el corredor se ensanchaba tomando forma de patio interior desde donde se accedía a los distintos apartamentos. Bodegas, bares, barberías, almacenes y otros pequeños negocios se intercalaban entre las viviendas de cada cuadra, con sus fachadas cargadas de letreros con propagandas y carteles de la lotería.

—Don Rómulo —insistió Rolo cuando el susodicho tomó por una estrecha callejuela—, todos dicen que este barrio es muy peligroso.

—Sí, ya veo que las personas no nos miran con cara de buenos amigos.

—Yo creo que debemos regresar.

—Mira, el hombre se metió por allí, acerquémonos.

Entraron por el pasillo de una cuartería.

—Ya no lo veo.

—Al parecer se esfumó por aquella puerta trasera, posiblemente se dio cuenta de que lo seguíamos.

—Vamos, mejor regresemos.

Pero, al tratar de salir, tres hombres de aspecto peligroso les cerraron el paso.

—Ustedes, ¿qué hacen por aquí? —preguntó uno de ellos.

—Creo que se equivocaron de lugar —amenazó otro.

—Vamos a sacarle el dinero a este señorito —ordenó el jefe.

Los tres hombres saltaron sobre Rómulo, que rápidamente se puso en guardia y logró derribar al primero de un golpe. Pero los otros dos lo agarraron, y ya iban a golpearlo cuando una voz resonó en la cuartería.

—Un momento, ¿qué es lo que está pasando aquí?

Los dos hombres mantuvieron aguantado a Rómulo mientras el que había sujetado a Rolo decía:

—Estos intrusos han entrado aquí sin permiso, doña.

La mujer se acercó. Venía acompañada de un muchacho de la edad de Rolo. Rómulo todavía forcejeaba.

—Suelta a ese niño, y ustedes suelten a ese hombre.

Era una mujer imponente, de estatura alta y piel bronceada. Su duro carácter se percibía a través de aquella mirada. Su largo pelo trigueño, muy bien cuidado, contrastaba con los pantalones y los botines que calzaba.

El muchacho aclaró:

—Él es Rolo, doña, un amigo mío de la escuela.

Rolo lo saludó.

La mujer se acercó y le dio su mano a Rolo. Después miró a Rómulo de arriba a abajo e hizo una seña a los hombres para que se fueran.

—Este es un lugar algo peligroso para los extraños —aseguró la doña—, por lo que me imagino que alguna razón muy importante los ha traído aquí.

—En realidad fue mi culpa —señaló Rómulo—, pues Rolo me lo advirtió.

La mujer dijo:

—Vengan conmigo.

Se adentraron por los pasillos sin comentar nada, solo se escuchaba el sonido de los pasos y el tintineo del manojo de llaves que ella acarreaba en su mano derecha. Al final del recorrido aquella guapa mujer abrió de un chasquido el picaporte de una puerta. Un patio, abundante en árboles frondosos se dejó ver, avanzaron unos cincuenta metros por un sendero de piedra hasta llegar a una ancha escalera de hierro de estilo Art Nouveau. Ya el ambiente había cambiado, y se respiraba la fragancia natural del aire puro. La señora comenzó el ascenso, detrás iba Rómulo seguido por Rolo y su amigo. Al llegar arriba una pequeña terraza techada con barandas de hierro propiciaba el recibimiento. El cerrojo de una puerta doble de madera pintada en blanco cedió después que la doña utilizó nuevamente sus llaves, entonces entraron a una vivienda, al parecer por la parte trasera. Aquellas casa no parecía pertenecer al barrio en que se encontraba. Un gusto refinado se podía apreciar en el mobiliario y la decoración de aquellas habitaciones. Pasaron a una terraza repleta de vegetación que quedaba al fondo, de donde se podía ver a lo lejos la bahía y sus alrededores. El canto de varios canarios que revoleteaban en una gran jaula, complementaba el lugar.

—¡Ostras! —exclamó Rómulo asombrado—. Discúlpeme usted, doña, pero este lugar parece salido del libro *Cuentos de la Alhambra*.

—Gracias por su halago —respondió ella sonriendo—, mi nombre es Lucía.

—Mucho gusto. El mío es Rómulo, para servirle.

—Siéntese, por favor.

Ambos se acomodaron en unos butacones acojinados de mimbre, mientras los muchachos se alejaban hasta el fondo de la terraza para apreciar la vista fabulosa de la bahía.

—Y bien, entonces ya puedo saber a qué se debe vuestra visita —apuntó ella al tiempo que cruzaba sus piernas elegantemente, dejando entrever ligeramente sus hermosas pantorrillas y miraba a su visitante interrogativamente.

El se tocó ligeramente el filo de sus pantalones con ambas manos para entonces cruzar su pierna derecha sobre la otra, después carraspeó afinando su voz y respondió:

—Primero quisiera agradecerle su intercesión tan precisa en el momento que nos atacaron.

—No hay de qué —respondió la señora con mucha educación.

—Verá usted, lo que sucedió fue que...

Y así Rómulo contó a la mujer toda la historia de lo ocurrido la noche anterior.

Ella escuchó con mucha atención sin interrumpirle, y cuando él terminó le comentó:

—En realidad lo que les ocurrió no es nada extraño, pudo haber sido un robo común.

—¿Usted cree? Pero fue mucha coincidencia que yo acabara de llegar y...

Ella lo miró con perspicacia y le dijo:

—Aunque usted mismo se está delatando.

—¿Por qué me dice eso?

—Sencillamente, al dudar usted me da la impresión de que hay algo oculto tras esa historia.

Rómulo se quedó sin saber qué responder y trató de ponerse a la defensiva, pero ya era tarde. La mujer, que era extremadamente inteligente, se había percatado de su sospecha.

—En fin —resumió ella—, si usted tiene un secreto que guardar es su secreto. No hay de qué preocuparse, todos tenemos los nuestros, algunos más importantes, otros menos, algunos algo peligrosos, como el suyo por ejemplo, otros no tanto, pero así son.

Rómulo quedó callado por un momento.

— Los niños deben tener sed, buscaré unas limonadas. ¿Desea usted beber algo?

—Una limonada sería fabuloso.

Ella sonrió y se puso de pie, dirigiendo sus pasos hacia la cocina.

Rómulo respiró profundamente y aprovechó para recorrer con su mirada el lugar.

Unos minutos más tarde ella regresó y después de ofrecerles las bebidas a los niños y a él se sentó nuevamente. Dio un par de sorbos a su nítido vaso de cristal y entonces retomó la palabra, pero cambió completamente el tema de conversación, centrándolo en España. Esto produjo en Rómulo una relajación y la conversación fluyó nuevamente durante un rato.

Rómulo se percataba de que aquella mujer casi que le podía leer sus pensamientos. Le ocurría algo completamente extraño pues, a pesar de estar en aquel lugar por primera vez, se sentía seguro. Por otra parte, la compañía de la dama le inspiraba tanta confianza que temía hablar más de lo que debía.

Un rato después decidió que ya debían marcharse.

—Doña Lucía, no queremos abusar de su hospitalidad, creo que debemos marcharnos —propuso poniéndose de pie.

—Como usted desee —respondió ella al tiempo que se levantaba.

Los muchachos se acercaron y cuando ya se disponían a retirarse alguien tocó a la puerta. El niño del vecindario fue a abrir y desde la sala de estar le anunció a ella:

—Doña, aquí está el señor Cheo con un recado para usted.

—Con permiso —se excusó Lucía.

Rómulo y Rolo se quedaron a la espera, pero Rolo se inclinó con curiosidad mirando a la sala para ver a su amigo, que ya regresaba.

El muchacho saltó hacia atrás y acercándose a Rómulo le susurró en voz baja:

—¡Don Rómulo, ahí está el hombre!

—¿Qué hombre?

—¡El ladrón!

—¡Joder, echémonos hacia atrás para que no nos vea!

Viejos asuntos se desempolvan

Las olas del mar con su interminable ir y venir acariciaban la arena de la playa. Era una noche veraniega, y bastante clara pues la luna ya casi completaba su cuarto creciente, y en un par de días estaría como una naranja. No muy lejos de la orilla se veían ancladas varias barcas de pescadores, que pacientemente se balanceaban esperando otro día de faena.

En la terraza de un chalet con vistas a la costa, un hombre corpulento y una elegante señora mantenían una familiar conversación.

—Me parece demasiada coincidencia que esos dos ladronzuelos trataran de robarle el equipaje a Rómulo —apunto él, que se encontraba de pie junto a la baranda de balaustres que circundaba el portal—. Además, en esa zona no abundan los asaltos.

—Sí, tienes razón. Todo fue un poco extraño —reafirmó la dama que, sentada en una hamaca tejida, se balanceaba lentamente—. Creo que aquí está la mano de otra persona.

—¿Usted cree que alguien más sepa del asunto?

—Tu padre siempre ha tenido sus sospechas de que otra persona los denunció, y por eso ocurrió todo.

—Pero... ¿Quién pudo haber sido?

La señora miró hacia la costa y se quedó pensativa.

La brisa que llegaba desde el mar abrazaba aquel poblado costero ubicado a unos siete kilómetros al este del centro de la ciudad, que a principios de siglo se había convertido en uno de los más famosos balnearios de la isla y en el lugar donde estaban comenzando a proliferar las casas de veraneo de las familias de la capital.

Las palmeras que rodeaban la edificación se mecían suavemente, como si danzaran con los compases de aquella melodía de Gonzalo Roig, que se escuchaba desde un gramófono de la casa vecina:

Quiéreme mucho
Dulce amor mío
Que amante siempre
Te adorare...

La señora dio un sorbo a su copa de cristal y saboreó su limonada.

—Siéntate hijo te contaré algo.

El se desabotonó la chaqueta, se aflojó el nudo de su corbata y ocupó una mecedora de madera y mimbre.

—Muchos años atrás, antes de que tu padre y yo nos comprometiéramos, él era muy amigo de un coronel. Recuerdo que en aquella época ellos tuvieron sus desacuerdos, no sé por qué razón, pero después el hombre no dejaba de hostigar a tu padre. Incluso hasta intentó cortejarme, a pesar de que yo no le hacía el menor caso a sus halagos.

—No sabía nada de eso.

—Pues así fue —continuó la dama—, varias veces se enfrentaron ambos, y en una ocasión hasta sostuvieron un duelo.

—¿No me diga usted, y cómo resultó?

—Tu padre salió ileso, pues era muy diestro con las armas, pero su rival no. Aunque por suerte no fue gran cosa, y al poco tiempo se recuperó.

—Vaya, qué historia más curiosa.

—Después de aquel hecho todo se tranquilizó, pero el odio seguía alimentando a aquel señor. El capitán general tomó cartas en el asunto y ambos fueron enviados a África, a la colonia Fernando Po, en la isla Vioko.

—Pero bien, mi señora madre, y con todo el respeto, una cosa no tiene que ver con la otra. Ese hombre no puede saber nada acerca del oro. ¿No es así?

—Bueno, ese es el punto, como diría tu padre. Es posible que el susodicho lo hubiese estado espiando y descubriera parte del plan. Lo que sí nunca han logrado saber dónde está escondido el oro.

—¿Y por qué ahora van a estar al tanto de nuestros planes?

—Sencillamente, hijo, porque el vino ahuyenta los secretos, y tu padre algunas veces habla más de la cuenta. Tal vez en una de las tertulias con sus amigos ha dejado escapar parte de sus sueños.

—Y alguien los ha hecho llegar al don, ¿no es así?

—Correcto.

—Pero... ¿cómo podrían saber quién es Rómulo y para qué ha llegado a la ciudad?

—Eso sí que no es fácil que lo sepan, y es algo muy curioso. Tal vez, por pura casualidad, lo hayan confundido con otra persona.

—Es posible, pero de todas formas ahora las cosas se van enredando un poco más. Tenemos que cuidarnos de él, ¿y quién es ese señor?

—Nada más y nada menos que el comisario don Ramón del Monte.

—¡Vaya, vaya!... Ahora sí estamos hechos.

El contacto

Rómulo caminaba rumbo a la casa de huéspedes. Hacía tres días que estaba en la ciudad, pero aún nadie lo había contactado ni había recibido ninguna información de su padre desde Puerto Rico. Su estancia, hasta el momento, la había aprovechado para estudiar la ciudad, y con la ayuda de los mapas adquiridos ya tenía una noción más precisa de la misma. Ahora faltaba por conocer el objetivo del viaje, y descifrar la relación del mismo con aquel viejo documento que guardaba.

Muchos eran los interrogantes. Por otra parte su carácter, demasiado responsable de sus actos, lo mantenía un tanto preocupado. Posiblemente otra persona en su lugar estaría disfrutando su estancia como turista en aquella urbe tan alocada y ruidosa, donde el colorido tropical se entremezclaba con géneros musicales como el danzón, el son montuno y el changüí.

Al llegar a la casa de huéspedes, le esperaban buenas noticias. —Aquí tiene una carta que dejaron para usted, señor —le dijo doña Clara después de saludarlo.

—Muchas gracias, doña, muy amable. ¡Magnifico!, ¡noticias de mi padre!

—Con su permiso, pues quiero echarle una ojeada. Hace días que no sé de mi familia.

—Por supuesto, no tenga pena... hasta luego.

Rómulo subió la escalera saltando los peldaños de dos en dos y se apresuró por el pasillo hasta llegar a su habitación. Allí se acomodó en un butacón y abrió el sobre.

Después de leer la carta un par de veces exclamó:

—¡Joder! ¿En qué clase de lío estoy metido?

Alguien tocó a la puerta. Rápidamente ocultó la carta y luego abrió.

—Buenas tardes tenga usted, señor mío.

—Buenas tardes, Elena, pasa adelante, ¿cómo estás?

—Muy bien gracias —respondió ella al entrar—. Pero usted parece un poco preocupado.

—¿Por qué lo dices?

—Pues tiene usted el ceño muy fruncido... y el mostacho algo erizado.

—¡Ostras! —exclamó Rómulo—. Mucho que hablas de usted para acá y usted para allá, y al final me echas los perros detrás.

Elena se desternilló de la risa. Mientras se tocaba el vientre masculló entre carcajadas:

—Vamos, relájese, señor mío, que usted siempre parece que está de guardia en un cuartel militar.

Rómulo dejó entrever una ligera sonrisa, ella estaba guapísima, se había recogido el pelo y portaba un pequeño y ajustado sombrero estilo cloché decorado con flores bordadas en tonos alegres que armonizaba con sus labios pintados en rojo, su vestido blanco ajustado a la cintura y suelto en sus piernas que le llegaba ligeramente por debajo de sus rodillas dejaba entrever su torneada constitución.

—Creo que tienes razón.

—¡Pues claro!, tómese la vida con más alegría y menos amargura, que se me va usted a poner viejo antes de tiempo —ripostó ella al tiempo que se balanceaba.

Él sonrió.

—Ya ve, así está mejor. Vamos, que lo invito a dar un paseo pues esta tarde sabatina está hermosísima.

—Pero...

—Vamos señorito, coja sus cosas —ordenó ella tomando el saco de color beis que estaba sobre una silla y entregándoselo—, que lo llevaré a un bonito lugar.

—Está bien, vayamos pues. Pero prométame que no me seguirá hostigando.

—Claro que sí, que no se lo prometo —dijo ella y continuó riendo.

—Entonces me quedo.

—Vamos, hombre, que era en jarana. No se me ponga amohinado de nuevo.

Y cogiéndolo por el brazo lo arrastró escaleras abajo hacia la urbe.

Esa tarde transcurrió de maravilla y a Rómulo se le olvidaron un tanto las preocupaciones. Elena, con sus ocurrencias, se encargó de ello.

Ella tenía toda la razón. La ciudad estaba hermosa y alegre, armonizada por el bullicio de los transeúntes y las bocinas estrepitosas de aquellos primeros autos que desfilaban como hormigas. Era la cima de una etapa de crecimiento que había comenzado a mediados de la década anterior, pero al finalizar la Primera Guerra Mundial había tomado más fuerza a partir de la estrepitosa subida de la cotización del azúcar en el mercado mundial. El crecimiento de la producción azucarera aumento exageradamente para el año 1920, fue la época conocida como "la danza de los millones" para los productores de la miel de caña. También la inmigración ascendió a sus niveles más altos, el gobierno aprobó nuevas leyes para ayudar a estabilizar la urgente necesidad de mano asalariada. España seguía muy estrechamente relacionada con su ex colonia siendo el país que aportó el porciento más alto de inmigrantes a principios de siglo, seguido muy de lejos por Haití y Jamaica. Los lazos familiares y culturales de ambas naciones seguían en pie, Elena y Rómulo así lo demostraban.

El paseo se inició en la Avenida del Puerto y continuó por todo el Malecón habanero. Sin dudas este lugar era y seguiría siendo por siempre uno de los mayores encantos de esta ciudad. Esta obra monumental, construida en tres etapas, era un paseo a todo lo largo del litoral norte de la urbe. Un gran muro de concreto con una ancha acera peatonal serbia de límite entre las cálidas aguas del mar Caribe y una de las más grandes e importantes avenidas. En el borde opuesto, edificios de viviendas, hoteles y negocios se esparcían a todo lo largo de la vía, por donde corría un zaguán colectivo propiciado por cada una de estas edificaciones, interrumpido cada cien metros por la necesaria retícula vehicular de las calles que venían a encontrarse con la costa, calles que no tenían números, sino odónimos, estos nombres que reflejaban la historia de sus pobladores, sus atributos patrióticos, religiosos y culturales, los hechos memorables, y a su vez su vinculo con otras comunidades a lo largo del tiempo.

Rómulo estaba completamente hechizado con La Habana.

Cuando ya casi oscurecía y mientras caminaban de regreso por el Paseo del Prado, Elena se detuvo y le propuso:

—Voy a dar un recado de mi madre a una señora que vive en aquella casa del frente, ¿deseas acompañarme o me esperas aquí?

—Prefiero quedarme por aquí, estaré bien no te preocupes —contestó el.

Pasaron unos dos o tres minutos y Rómulo se acercó al banco más próximo, donde una persona que se acababa de sentar miraba un periódico abierto.

—Con su permiso, ¿me permite sentarme? —preguntó al lector.

—Por supuesto —contestó el hombre sin despegar la vista del periódico y sin dejarse ver. Unos minutos después el lector, sin cambiar su postura, agregó:

—Por favor, no se dé usted por enterado y trate de actuar normalmente, pues lo están vigilando.

Rómulo se sorprendió y quedó a la expectativa. Aunque no era un experto en asuntos de espionaje, en días anteriores había tenido la certeza de que lo seguían, pero había pensado que tal vez fuesen ideas suyas.

El señor le dijo:

—Yo soy el contacto que usted espera...

Rómulo no pudo menos que sobresaltarse.

—Dentro de este periódico le dejo algo señalado —continuó diciendo el sujeto mientras doblaba el periódico y lo colocaba sobre el banco, entre los dos. A continuación se puso de pie y se marchó.

Un momento después Elena regresaba.

—Ya estoy aquí.

Rómulo recogió el periódico y le pidió:

—Siéntate un rato.

Allí estuvieron platicando hasta que las farolas comenzaron a iluminar aquel gran espacio, creado entre dos vías, tres franjas verdes con árboles frondosos corrían en toda su longitud, casi un kilometro, mientras dos anchas aceras con bancos de hierro se intercalaban entre ellas.

Disimuladamente, Rómulo guardó aquel periódico en su chaqueta.

Más tarde regresaron a la casa de huéspedes, ella se despidió y él subió a su habitación, entonces hojeó el periódico hasta encontrar en una de sus páginas un anuncio subrayado y encerrado en un círculo que decía:

«Gran pelea de gallos en la valla de don Pancho

Domingo a las 4:00 p.m».

Todo estaba claro. Allí sería el encuentro.

Se recostó en la cama. «Hoy las cosas han adelantado mucho», pensó, «parece que comenzará la acción. Ya estoy impaciente».

De ahí sus pensamientos pasaron a Elena.

«Que simpática y ocurrente es esta joven. El tiempo a su lado pasa velozmente, mientras que yo quisiera que durara más. Es curioso, creo que esto no me había ocurrido antes».

Algo se esclarece

Grande era la algarabía que había en aquella valla para peleas de gallos. Rómulo no era amante de este tipo de entretenimiento, pero los nativos de la isla sí que lo eran y eufóricamente. El local, en su concepto, era algo parecido a un antiguo coliseo o circo romano, pero llevado a una escala muy reducida y construido en madera con techo de guano. La arena de pelea era en forma de círculo con un diámetro aproximado de unos los diez metros. Alrededor se organizaban una serie de asientos en forma de escalinata para permitir a los fanáticos la vista del espectáculo.

Los gallos de pelea eran amaestrados por sus dueños o entrenadores y preparados para la contienda. Su plumaje era modificado, despojando al ave de su gallardía original para convertirlo en un guerrero, sus espuelas se preparaban meticulosamente para la batalla.

Rómulo llegó al lugar y, después de pagar su entrada y sentarse en uno de los palcos, se dedicó a buscar con la vista al sujeto del día anterior.

El espectáculo se inició, dos hombres portando sus aves comenzaron a incitarlas para que pelearan, en el público corrieron las apuestas, entonces las soltaron y comenzó la lucha. Los espectadores vociferaban mientras los pobres gallos se enfrentaban como legítimos gladiadores, en iguales condiciones.

Un rato después ya Rómulo había localizado al enlace. Era un hombre corpulento de unos seis pies de estatura. Pasaba escasamente de la treintena, pero el elegante traje de color claro y el caro sombrero de paño lo hacían lucir algo mayor, o tal vez era el color de su pelo negro como la piedra de turmalina engarzada en el anillo que llevaba en el pulgar. Cruzaron sus miradas. Al ver que el hombre se levantaba de su asiento y se dirigía a la salida lo siguió. Afuera ambos montaron rápidamente en un vehículo que los esperaba y se alejaron del lugar, no sin antes percatarse de que otra persona que también había salido se quedaba a lo lejos observándolos.

Durante el trayecto no se habló una palabra hasta llegar a un pintoresco poblado a orillas del mar. Rómulo recreó con agrado su vista en una hermosa playa; dos muelles de madera con algunos veleros y botes, algunos bañistas y muchas gaviotas sobrevolando. Siguieron un poco más adelante hasta llegar a un bungaló. El vehículo se detuvo y ambos se bajaron. El hombre pagó al taxista y le ordenó algo, entonces el coche dio vuelta y se regresó.

—Bien, ya hemos llegado —dijo a Rómulo.

El aludido lo miró un tanto intrigado y contestó.

—¿Y bien...?

—Pasemos a la casa, que allí le explico.

Ambos entraron y se sentaron en la sala de estar.

—¿Desea usted beber algo?

—Solo un vaso de agua, gracias.

Una voz de mujer se escuchó desde la cocina.

—Arturo, yo me ocupo de alcanzársela.

La señora apareció y Rómulo no pudo contener una exclamación:

—¡Doña Clara! ¿Qué hace usted aquí?

Ella sonrió, al igual que el hombre.

—Ya es hora de conocernos de otra forma —expresó—. Yo soy la esposa de tu tío Ramiro.

—¡Joder! ¿Qué clase de enredo es este en que estoy metido?

—Él es mi hijo, tu primo.

—Mucho gusto, Arturo para servirle —dijo el aludido extendiéndole su mano a Rómulo.

—¡Caray!... Me han tomado por sorpresa. No sabía que tuviera familia en la isla.

—Pues así es. Nosotros teníamos algunas referencias acerca de ustedes y tu tío Ramiro se mantenía al tanto por mediación de unos amigos nuestros de Puerto Rico. Aunque, a decir verdad, tu padre don Fernando nunca lo supo.

—¿Pero por qué tanto misterio?

—¿No conoces la famosa historia del cofre de oro y de la relación de ambos en aquella época?

—No exactamente. Algo ha llegado a mis oídos por el tío Ramiro, pero no era nada agradable.

—Te lo vamos a aclarar todo mientras almorzamos, ya que tenemos tiempo de sobra para ello.

De esta forma comenzó la charla que puso a Rómulo al corriente de los sucesos del complot. Después de saborear aquel enchilado de mariscos salieron a dar un paseo por la playa. Ya Rómulo estaba algo más relajado.

—Entonces, ¿cuándo comenzamos con el nuevo plan? —indagó.

—Las cosas están algo enredadas, diría yo —contestó Arturo—. Ahora tenemos dos cuestiones que nos preocupan. Además de que debemos localizar el edificio donde está el cofre y trazar el plan para recuperar lo que en buena lid le pertenece a nuestras familias.

—¿Y cuáles son las dos cuestiones?

—Lo primero es que tenemos un enemigo común desde hace años, que está tratando de quitarnos lo nuestro. Es un hombre poderoso y peligroso pues tiene cargos en el gobierno.

—¡Caray, aquí no hay nada fácil! —exclamó Rómulo—. ¿Y lo segundo?

—Pues que no sabemos el porqué lo están siguiendo. Hasta ahora no existe ningún vínculo con nosotros que don Ramón pudiera conocer.

—Por cierto, ahora recuerdo que el segundo día de estar aquí me asaltaron para robarme el equipaje, y gracias a un señor corpulento que luchaba muy bien lo recuperé.

Doña Clara comenzó a reír.

—Con el mayor respeto, señora tía, pero no le veo la gracia.

La señora siguió riendo y le preguntó:

—¿No recuerda usted cómo era el sujeto?

—Era un tipo ágil y fuerte, así como el primo Arturo.

Arturo comenzó a reír.

—¡Joder! Ya caigo, el hombre era el primo Arturo. Entonces ustedes me tenían localizado desde que llegué a La Habana.

—En realidad lo estábamos esperando, y una amistad nuestra de las oficinas de la Aduana nos avisó que su nombre estaba registrado. Además, Ramiro nos envió fotos suyas que su padre le suministró.

—Ya veo. Casi me podían haber esperado con una banda de músicos —dijo Rómulo y se echó a reír.

ΦΦΦ

73

De regreso a la casa acordaron que al día siguiente sería la próxima reunión para determinar la ubicación correcta del tesoro.

Entrada la noche, el mismo taxi se encargó de regresar a Rómulo a la casa de huéspedes.

Al llegar subió las escaleras y siguió por el pasillo hasta su cuarto. Abrió la puerta y entró. La habitación estaba a oscuras, y cuando Rómulo dio unos cuantos pasos escuchó un ruido y a continuación sintió un fuerte golpe que lo noqueó.

El encuentro

Rómulo despertó en la madrugada. La luz de la luna se colaba por la puerta de la habitación que estaba abierta. Se incorporó, al tiempo que se pasaba la mano por la nuca.

«¡Vaya! Me sorprendieron».

Al accionar el interruptor de la luz pudo ver un gran desorden en la habitación. Su maleta había sido registrada, y sus pertenencias sacadas del escaparate.

Recogió desde el piso el grueso libro que siempre lo acompañaba.

Cerró la puerta. Cogió una silla y se subió en ella para desclavar una tabla del cielo raso. Sintió un gran alivio al ver que el sobre y los documentos que en él guardaba estaban intactos.

Después de organizar un poco las cosas, se recostó en la cama hasta que el sueño lo venció.

ΦΦΦ

Al atardecer del mismo día, sentados a la mesa de la habitación de Rómulo, ambos primos estudiaban el antiguo proyecto de un edificio. Después de un rato de análisis pudieron determinar cuál era el inmueble.

—Aquí lo dice. Sin dudas es el edificio del antiguo Mercado de Belén —afirmó Arturo.

—Sí, está en la intersección de la calle Compostela y Acosta.

—Pero no veo las notas donde se precisa exactamente el lugar donde está el tesoro.

—Entonces deben aparecer en la otra parte del dibujo que no tenemos aún... ¿Dónde está la tercera parte del plano?

—Buena pregunta. ¿Recuerdas que el trato fue entre tres personas? Ahora falta que se presente el representante del señor Lisardo —argumentó Arturo.

—Ah... Entonces esto se sigue demorando, por lo que veo.

Los hombres siguieron analizando la ubicación del edificio y haciendo algunas conjeturas.

Alguien tocó a la puerta y Rómulo abrió.

—Buenas noches, señor Rómulo.

—Buenas noches, Elena, ¿qué te trae por aquí? —contestó ligeramente extrañado.

—Aquí está la cafetera que doña Clara me pidió que le trajera.

—Muchas gracias, muy amable de su parte...

—¿Me invita a pasar, no desea que les sirva el café?

—Bueno... Sí, entra... Es que estoy un tanto ocupado pues tengo visita.

La muchacha se asomó y saludó a Arturo:

—Buenas noches, don Arturo.

—Buenas noches, Elena.

—Les serviré una taza de café a cada uno y me regreso a mi cocina.

Mientras los hombres saboreaban el café, ella se acercó a la mesa.

—Pero en esta mesa no hay nada para comer, solo papeles.

—No es nada importante —replicó Rómulo.

—Ya veo, papeles viejos y rotos.

Los dos hombres se miraron algo preocupados, pero en realidad no creían que la muchacha fuera tan lista como para entender aquellos dibujos.

—Bueno sí, son unos viejos proyectos que me encontré y estaba echándoles una ojeada —se apresuró Rómulo a contestar.

Estuvo observando un rato hasta que metió su mano en un pequeño bolso que llevaba y extrayendo algo dijo:

—Al parecer falta algo aquí. Tal vez este pedazo de pergamino viejo que me encontré en la basura... sirva.

Los hombres se pusieron de pie, sorprendidos al ver que la muchacha se apartaba hacia un lado para dejar ver sobre la mesa el proyecto íntegro del edificio.

—¡Ostras! —exclamo Rómulo—. Entonces tú eres la representante de mi padrino, don Lisardo.

—Así parece —afirmó ella y comenzó a reír—. Soy su sobrina cubana, ¿no me recuerdas?

—¡Vaya, vaya, entonces tú eres Elenita, la hija de doña Inés!

—Ya veo que por fin te acuerdas de nosotros.

—Pues claro, es que hace muchos años que no nos veíamos, desde que éramos niños. Hemos crecido y hemos cambiado.

—Así es.

—Pero tú sí sabías quién era yo y me ocultaste tu verdadera identidad. ¿Por qué lo hiciste?

—No sé...

—Eso no estuvo nada bien de tu parte, me has hecho pasar por un besugo —dijo Rómulo en tono serio.

—Vamos, hombre, no es para tanto.

—Es que al parecer aquí en esta ciudad a todos les gustan las bromas y las intrigas —refunfuñó Rómulo.

—No es tan así. Solo que tú no me reconociste, y decidí castigarte y dejarte descubrir las cosas por ti mismo.

—Estoy un poco harto de pasar por tonto. Siento que te has burlado de mí.

Arturo tomó la palabra.

—Disculpen que interrumpa el debate que están llevando, pero debemos concentrarnos en nuestra misión, que para eso estamos aquí.

—Tienes razón, primo. Vayamos a lo nuestro.

Los tres se agruparon delante de la mesa. Elena sonreía mientras Rómulo no podía contener su disgusto.

—Bien, ahora ya podemos definir el lugar donde está el tesoro —propuso Arturo.

—Estos apuntes hechos en la galería sur del edificio señalan el lugar y remiten al segundo piso. Al parecer está en el entresuelo —planteó Rómulo.

—Pero en esa zona no hay suficiente espacio para ocultar un cofre de madera del tamaño que buscamos —comentó Arturo.

Rómulo se quedó pensativo.

—¿Qué quiere decir esta frase que está aquí escrita? —preguntó Elena señalando en el documento—. «*Muchos de ellos llegaron a esta ciudad con su bolso al hombro para quedarse... y trocaron el este por el oeste*».

—No tengo la menor idea —contestó Arturo.

—Yo tampoco —agregó Rómulo sin apenas mirar a la muchacha—, parece una frase extraída de un libro o algo así.

Estuvieron un rato pensando. Rómulo se apartó del grupo y buscó su viejo libro. Se sentó en un rincón y comenzó a hojearlo. Fue buscando en él cada palabra de la frase mencionada que deseaba descifrar.

Un rato después exclamó:

—¡Ya lo tengo! —se acercó a la mesa exaltado—. En el entresuelo queda claro que no puede ser, pero la galería de la planta baja está compuesta por seis bóvedas, y la única palabra que se ajusta a lo que buscamos es hombro... Pues claro, el cofre está en el hombro de una de ellas.

—¿Eso qué cosa es? —preguntó Elena.

—Son los arcos que forman las esquinas de la bóveda, que están rellenos con material calizo —contestó Rómulo sin mirarla.

—¡Ah, ya entiendo! —exclamó Arturo—. Cuando observes estas construcciones por debajo, te darás cuenta de que existen cuatro esquinas de doble curvatura que sí poseen suficiente espacio como para esconder varios cofres de los más grandes.

—Exacto, eso mismo pensaron ellos al colocarlo aquí —señaló Rómulo en el dibujo—. Precisamente las marcas están hechas en la esquina este de la tercera bóveda, de la galería este del edificio.

—Vaya, qué inteligente es el señorito universitario —dijo Elena en tono irónico.

—Gracias por su elogio, pero no era necesario —contestó él secamente.

—Esto quiere decir que tendremos que cavar por encima. ¿Y qué espacio tendremos para trabajar?

—Según aprecio en estos detalles, un hombre puede caminar perfectamente por el centro del ático, ya que la cubierta está a unos dos metros más o menos.

—Pero en los extremos está más baja debido a la pendiente del techo, por lo que seguro que nos costará más trabajo.

—Pues bien, Arturo, tú que conoces la ciudad dinos cuál es la situación actual de este edificio.

—El edificio está en perfecto estado, no han ocurrido cambios en su estructura ni le han hecho grandes modificaciones desde que se construyó.

—¡Eso quiere decir que el oro está esperando por nosotros! —dijo Rómulo exaltado.

—Así es.

—¡Bravo... ya casi somos ricos!

—Bueno, todavía tenemos que sacarlo de allí —señaló Elena, que se había mantenido sin hablar durante un rato.

—Eso lo resolveremos —comentó, Rómulo.

—Bueno, yo dije que no habían ocurrido cambios en el edificio, pero sí que ha habido cambios en su uso —aclaró Arturo.

—¿Qué me quieres decir?

—Que en sus inicios había sido un mercado, pero ahora tiene otro uso.

—¿Cuál?

—Ahora el edificio pertenece al gobierno. En esa galería está ubicada la sede del Correo Municipal de La Habana.

—No creo que eso sea un gran problema.

—Pero en la otra galería está ubicada la comisaría y la oficina de don Ramón del Monte —replicó Elena.

Rómulo la miró y preguntó:

—¿Y ese quién es?

—El comisario de la ciudad.

—¿Recuerdas el hombre del que te hablé? El que te mantiene vigilado —agregó Arturo y Rómulo asintió con un gesto—. Ese es el comisario don Ramón del Monte.

—¡Caramba! Ya me parecía que todo estaba resultando muy fácil... Es lo que yo digo... ¿En qué clase de enredo estamos metidos?

—Tomemos un café y pensemos cómo resolver las cosas —propuso Elena mientras preparaba las tazas.

—Yo prefiero un trago de Bacardi, si no es mucha molestia —solicitó Arturo.

Rómulo quedó pensativo mientras sorbía su café. Arturo saboreaba el ron y Elena miraba por la ventana que daba hacia la bahía. Cada uno se encerró por un rato en sus propios pensamientos.

—Yo me marcho —anunció ella dirigiéndose a la puerta. Su carácter sonriente había cambiado. No le habían gustado las formas que había adoptado Rómulo hacia ella después de conocer su verdadera identidad.

—Yo te acompaño —dijo Arturo poniéndose de pie.

Rómulo se mantuvo en silencio. No podía ocultar su disgusto. Sentía que Elena se había burlado de él desde el primer día en que se encontraron.

—Hasta mañana, Rómulo —se despidieron ambos desde la puerta.

—Hasta mañana —contesto él, secamente.

Allí siguió sentado un largo periodo de tiempo. Después buscó entre sus cosas aquel viejo libro y centró su atención en él. Desde niño le gustó mucho la lectura. Viendo en su padre a un experto constructor, su interés se vinculó a la historia de la arquitectura y al estudio de aquellas antiguas técnicas constructivas que habían soportado con mucha gallardía los embates del tiempo.

Este libro lo había acompañado durante muchos años, casi dos décadas habían transcurrido desde aquella visita en que acompañó a su padre a su ciudad natal. Allí, en una antigua librería de la costa sur de Andalucía, el anciano propietario lo puso en sus manos diciéndole:

—Este es un libro muy interesante y a la vez curioso. Está organizado igual que un diccionario, y parece una enciclopedia, pero no es tal cosa. Su capacidad de enseñanza depende en gran medida de la actitud de su propietario para extraer de él la sabiduría.

—Oh, ya veo que es algo complicado.

—Al contrario, ya verás qué sencillo es. En un principio puede que no lo entiendas bien, pero con el tiempo te darás cuenta de cómo usarlo.

Y así fue. Siempre que se encontraba en una situación algo tensa, la lectura del mismo lo ayudaba a superarla, pues al leerlo era como si escuchara la voz clara y tranquila de aquel anciano, explicando cada capítulo. Lo más curioso era que en la mayoría de los casos en que abordaba el libro con alguna cuestión interrogante, un rato después encontraba la respuesta.

Aquella noche muchas eran las preguntas que tenía y muy pocas las respuestas.

Elena y Arturo salieron a la calle.

—Te acompañaré hasta tu casa Elena, ya es un poco tarde para que andes a solas.

—Muchas gracias, tú como siempre, tan gentil —respondió ella con una ligera sonrisa.

—No es nada, así estiro un poco las piernas. Me doy cuenta que estás disgustada por la actitud de Rómulo.

Ella lo miró e hizo una mueca, se quitó de su cabello una cinta con una flor bordada que se lo mantenía recogido y se lo soltó, entonces se lo acomodó con sus manos.

—Él es un cascarrabias, primo, has visto que tonterías dice, que si yo me he burlado de él, y que aquí a todos nos gustan las intrigas...

Arturo la interrumpió al comenzar a reír a carcajadas, ella lo miró sorprendida y entonces también comenzó a reír.

—La verdad que yo tuve que hacer un gran esfuerzo para contenerme pues tenía más ganas de reír que de interceder en la trifulca que armaron —dijo él.

—Verdad que lo disfruté, ja, ja, cayó como un pez en la red, ja, ja.

—Tú no cambias prima, siempre con tus ocurrencias, sacándole los colores a la gente. Hasta a mí me comprometiste con este rollo.

—Ah no te preocupes por Rómulo, el sí que no ha cambiado en nada..., es tan ingenuo algunas veces... —ella se quedó pensativa.

—¿Desde cuándo no sabías de él?

Ella chasqueó la lengua, cruzó sus brazos mientras caminaba y contestó.

—Desde que el señorito dejó de escribirme, y entonces yo tampoco le escribí más.

—Oh..., ya veo que esto se remonta a tiempos pasados... y tengo la ligera impresión de que te sientes algo frustrada.

—No señor mío, nada de eso.

Un coche que pasaba por la calle con dos parejas que andaban de fiestas, tocó su bocina al pasar cerca, y Elena los saludó zarandeando su cinta de pelo.

Llegaron hasta la puerta de la casa de su madre, ella abrió con su llave.

—Gracias primo por la compañía.

—De nada, salúdame a tía Inés. Hasta mañana.

—Tus saludos serán dados. Hasta mañana.

En realidad ellos no eran primos pero eran muy buenos amigos, sus familias eran muy apegadas, y ellos se habían criado juntos, y juntos habían cursado la escuela, Elena para doña Clara además de ser su mano derecha en el negocio, era como si fuera su hija. En realidad la cocinera de la casa de huéspedes era otra mujer, pero a veces la joven lo hacía porque le gustaba preparar platillos extraños que a los huéspedes les encantaban. Elena, era una más de la familia, como siempre expresaba Clara cuando se refería a ella.

Un personaje enigmático

Rómulo despertó temprano y estuvo un rato en la cama. A pesar de escuchar algunos ruidos en la cocina de la casa de huéspedes, a sus oídos no llegaba el acostumbrado tarareo de la cocinera. Esto era más raro que no oír el canto de los gallos.

«Tal vez había sido un tanto duro con la muchacha la noche anterior, cuando en realidad había sentido agrado al saber que ella era Elenita».

Sus pensamientos volaron muchos años atrás, a finales de siglo, entre 1897 y 1898.

Ella tenía unos diez años y había viajado acompañando a su madre a Puerto Rico. Estuvieron viviendo junto con la familia de don Lisardo por casi dos años, pues su padre se había incorporado a las guerras independentistas cubanas.

Los niños corrían por la orilla de una playa de San Juan, buscaban conchas en la arena y competían entre ellos para ver quién obtenía la mayor. Era un día soleado. El sudor y la brisa fuerte que arrastraba el salitre desde el mar empañaban a menudo los lentes de Rómulo, que andaba rondando los once años.

—¡Mira Rómulo, la que encontré! —gritaba la niña, que corría descalza alzando una de las conchas.

—Déjame ver. ¡Esta sí es grande!

Desde la sombra de una palmera una señora gritó:

—¡Elenita! ¡Vengan que debemos irnos, ya es tarde!

—Ya tenemos que marcharnos —anunció la niña.

—¿Vendrás mañana? —preguntó el niño algo ansioso.

—¿Tú quieres que venga?

—Bueno, ¿tú sí quieres? —contestó él encogiéndose de hombros.

—Pero... ¿serás tonto o qué? —respondió ella—. Tú eres el que me está preguntando y ahora no sabes lo que quieres.

—Bueno, claro que quiero —apuntó él mirando a la arena mientras la removía con el pie.

Ella se echó a reír, se puso las manos en la cintura y le dijo:

—Entonces dime, ¿por qué quieres que venga a la playa mañana?

—Ah...Yo no sé —respondió el encogiendo los hombros.

—Pues entonces no vendré —concluyó ella con actitud dominante. A continuación dio la espalda y comenzó a correr hacia donde estaba su mamá.

—¡Elenita! —grito Rómulo—. ¡Espera!

Ella se paró y miró hacia atrás.

—Mañana voy a traer un papalote que hice para ti, y le puse tu nombre, para que lo empines aquí en la playa.

—Bueno, si es así, se lo diré a mi mamá para que me traiga.

Entonces la niña regresó hasta donde estaba él y le regaló un beso en la mejilla diciendo:

—Gracias, don Romulito, ja, ja, ja —y salió corriendo nuevamente.

El niño sintió un extraño placer, sonrió y corrió detrás de ella.

Fueron tiempos agradables para los muchachos, cuando las familias se reunían los fines de semana y ellos, con el resto de los primos, jugaban. En las noches, mientras los adultos conversaban, ellos también hablaban de sus sueños.

Rómulo regresó al presente, se levantó y después de asearse bajó las escaleras. Dirigió sus pasos al comedor para desayunar.

Elena no se dejó ver, la cocinera le alcanzó el desayuno.

Más tarde Rómulo decidió hacer un recorrido que incluiría una visita al Correo Municipal. Al llegar cerca del edificio pasó de largo frente al mismo. Unos treinta metros más adelante estaba el guardia que cuidaba la entrada principal de la comisaría.

Siguió su camino distraídamente, pensaba:

«Tengo que idear un plan. Todos cuentan conmigo para esto, pero no me siento preparado para hacer algo semejante. Es verdad que si mi padre lo hizo en su momento, yo también debo hallar la forma».

Sin pensarlo más regresó y entró al inmueble. Quería estudiar la distribución interior del local, para tener una noción más exacta de donde supuestamente estaba el oro. Unas solidas puertas de ácana con incrustaciones en bronce permitían el acceso. Se sentó disimuladamente en un sofá de cuero y echó un vistazo a sus alrededores mientras esperaba para comprar unas estampillas. Era un edificio construido con sillares y mampuesto, las paredes estaban estucadas y pintadas de blanco, al igual que los techos abovedados. Los pisos de mosaicos decorados en tonos azules, habían sido colocados a cartabón, y trabajados con cenefas geométricas que fragmentaban funcionalmente los espacios. El mobiliario principal, de estilo *"arts and crafts"* consistía en varios juegos de mesas, sillas y butacones repartidos por todo el salón. En un extremo un gran mostrador de roble permitía que dos empleados prestaran atención a los usuarios. La iluminación diurna era sobre todo natural pues llegaba ampliamente a través de las ventanas y puertas que quedaban hacia el patio interior.

Luego de comprar las estampillas, caminó por la otra galería hasta donde pudo, pues el resto del área era para uso de los empleados, entonces se fue hasta el patio interior y husmeó unos minutos por allí.

Después de salir del lugar, caminó sin rumbo hasta la bahía y pasó parte de la mañana visitando algunos edificios interesantes. Cuando iba de regreso a la casa de huéspedes, sintió que alguien lo sujetaba por un brazo.

—Eh, ¿qué pasa con usted?

—Mejor será que nos acompañe —ordenó uno de los dos hombres.

—No veo la razón —contestó Rómulo zafándose del agarre con un gesto.

El otro hombre, que también vestía traje oscuro, con sombrero de fieltro estilo bombín se abalanzó sobre él, mientras sacaba una placa insignia de la policía y le decía:

—Esta es la razón.

—Pero yo no he hecho nada incorrecto.

—Solo es para aclarar algunas cosas, recibimos órdenes del comisario.

—Por favor, será mejor que no se resista —le sugirió el otro agente.

Rómulo accedió y los tres subieron a un coche que los esperaba. El vehículo recorrió un largo trecho a través de La Habana hasta llegar a los nuevos barrios del Vedado.

Un rato después, Rómulo esperaba sentado en una oficina. Pasó su vista por ella y pensó:

«Al parecer esto va en serio, pues esta oficina está lujosamente amueblada. Creo que voy a conocer al famoso don Ramón del Monte».

En aquella espaciosa habitación, un enorme escritorio de roble era la pieza principal, sobre el mismo un teléfono Western Electric, una lámpara Tiffany de vidrio emplomado, una caja de Habanos y un pesado cenicero de mármol eran los únicos aditamentos. Dos mullidas butacas y unos altos estantes de estilo victoriano complementaban el mobiliario.

La puerta lateral se abrió y para sorpresa de Rómulo el hombre que acababa de entrar no se parecía en lo más mínimo al comisario que él se imaginaba. Era un hombre delgado y de baja estatura; su pelo canoso armonizaba con su traje blanco y para colmo una amplia sonrisa debajo de un estilizado mostacho acompañaba aquel saludo amistoso.

—Muy buenas tardes, mi buen amigo.

—Buenas tardes —respondió Rómulo.

—Le agradezco que haya accedido a venir hasta acá. Siento que le hayan interrumpido su paseo, pero necesitaba hablar unas palabras con usted.

—Usted dirá.

—Primero me presentaré. Soy Silverio Miranda, inspector de policía de la jurisdicción número dos de la capital —dijo extendiendo su mano.

—Mucho gusto, mi nombre ya me imagino que lo conozca, ¿no es así? —respondió Rómulo y correspondió al saludo.

—Por supuesto. ¿Desea tomar algo?

—No, gracias, estoy bien; aunque algo intrigado con todo esto.

—De acuerdo, pero no se preocupe, ya vamos a entrar en materia.

El hombre se preparó un trago de whisky. Después caminó por la habitación hasta un amplio ventanal, descorrió las cortinas y al abrir las puertas una suave brisa entró en la habitación.

—Nada como disfrutar de un buen trago, con una bella vista del mar —apuntó el comisario.

La creciente expansión de la ciudad desde finales de siglo había suplido a la capital de un volumen considerable de nuevos edificios de estilos más contemporáneos. El relieve colosal del horizonte pictórico de La Habana de intramuros ahora se continuaba hacia el oeste y sur de la capital. El Paseo del Malecón habanero formaba parte activa de esta infraestructura.

Este nuevo movimiento constructivo había logrado un seguimiento significativo al estilo monumental iniciado en los tiempos de la colonia, propiciando a La Habana su propia y atrayente imagen de gran ciudad.

—¿Qué le ha parecido nuestra capital?

—Maravillosa. Mi padre me comentaba que siempre seguirá enamorado de ella, a pesar de haber pasado el mayor tiempo de su vida en San Juan y en Andalucía.

—Yo compartiría el mismo sentimiento que su padre si me hubiesen obligado a abandonarla.

Rómulo se sorprendió y se quedó callado al darse cuenta de que aquel hombrecillo conocía mucho más de su familia que lo que él pensaba.

—Sabrás que soy un poco más joven que tu padre.

—Yo diría que no.

—Aunque no lo creas, sí, un par de años. Este oficio te convierte en un trasnochador y los años caen más de prisa.

—Ya veo.

El inspector caminó nuevamente hasta la puerta que daba hacia la terraza y bebió un sorbo de whisky.

—En los tiempos de la colonia, muchos barcos zarparon desde estas costas cargados con el oro y las riquezas que aquí se recaudaban. La Corona española mantuvo su esplendor durante mucho tiempo hasta que los vientos de libertad comenzaron a soplar en contra. De una forma u otra, el desarrollo de la civilización conducirá siempre a la promulgación de la libertad soberana de las naciones y sus pueblos.

—Estoy muy de acuerdo con usted en eso.

—Claro, una persona como usted es lógico que piense así. Le diré que soy un fanático de la historia de esta ciudad y es mi entretenimiento preferido.

Rómulo lo miró interrogativamente, tratando de entender hacia dónde se dirigía aquella conversación.

—Según los documentos y registros que poseemos, todos los capitanes generales que estuvieron al frente de la isla en aquellos tiempos fueron leales a la Corona... Pero hay un detalle curioso que ocurre entre 1866 a 1868. En estos años hubo una reducción significativa en la tributación de esta colonia. Un alto porcentaje de los envíos de remesas de oro por los impuestos nunca llegó a la Metrópoli.

—Es curioso lo que me explica.

—En el país existía bastante inestabilidad, ya que la guerra de independencia de 1968 estaba por desatarse en las provincias orientales. Pero esto no sería la causa —prosiguió el inspector—, siempre el gobierno de turno tuvo una excusa y una explicación. De los seis envíos correspondientes a esa etapa, tres fueron robados de diferentes formas.

—Mucha casualidad, ¿verdad?

—Por supuesto que fue demasiada coincidencia —afirmó el inspector y bajando el tono de voz prosiguió—: Escuche esto: tengo en mis manos una vieja carta de aquellos años que ha llegado hasta mí por medio de una persona del gobierno, donde la Metrópoli alertaba al capitán general de la isla de que algunos militares fraguaban un complot contra la Corona.

—¿Cómo es eso?

—Así como le cuento.

—Entonces...

—Lo que está pensando; el oro de aquellas dos remesas al parecer no salió en ningún momento de La Habana.

—Usted quiere decir que alguien dentro de la capitanía general desviaba las remesas.

—Y más aún, también se coordinaban para que pareciera que los barcos habían sido robados en Sevilla y de esta forma justificar el desfalco.

—¡Ostras! eso sí era un complot...

Los dos hombres se quedaron un rato sin decir palabra, hasta que Rómulo preguntó:

—¿Y por qué razón me cuenta usted todo esto?

—La razón es que hace casi dos años que estoy tras la pista de este caso y todo me conduce a un hombre. Pero resulta que desde hace un corto tiempo para acá usted ha entrado en este círculo.

Rómulo se quedó sin saber qué contestar.

—¿Puedo saber el nombre de esa persona?

El inspector se puso de pie y después de caminar unos pasos lo miró y le dijo:

—Creo que por el momento es mejor que no.

—Pero... ¿y qué interés puede usted tener en descubrir quién lo hizo si de todas formas el oro no lo pueden recuperar y ya Cuba es una república independiente?

—No es tan así como usted opina —contestó el inspector—. Después se acercó a Rómulo y le confesó en voz baja:

—Primero le diré que las remesas de oro están todavía aquí en la isla, ocultas en algún lugar, pero que hasta ahora, por una razón aún desconocida para mí, no las han podido recuperar.

—¡Joder! —exclamó Rómulo.

—Y segundo, que tengo información de que ya están preparando un plan para sacarlas de la isla, cosa que no voy a tolerar pues ese oro le pertenece a esta nación.

El inspector caminó nuevamente hasta la puerta de la terraza.

—Acérquese para que vea esta magnífica puesta de sol.

Rómulo se incorporó y ambos salieron a la terraza. Era una vista única.

—Y bien, ¿qué me dice de todo este asunto?

—La verdad es que todo parece como salido de un libro de aventuras.

El inspector sonrió.

—Déjeme usted que le explique algo muy particular sobre mi forma de actuar —prosiguió—. En algunas ocasiones, sobre todo en casos muy complejos como este, mis investigaciones y deducciones llegan a un punto en que necesito la ayuda de otra persona razonable que vea las cosas desde otro ángulo. Entablar un debate del asunto me ayuda a salir del atolladero y tomar una nueva dirección en la investigación.

—Tiene lógica su planteamiento. Esto me recuerda un libro de suspenso que leí, en el cual un detective muy ingenioso siempre tenía muy en cuenta las observaciones de un médico amigo suyo a la hora de resolver sus casos.

—Correcto. Yo también conozco de las aventuras de ese detective. En mi caso y controversialmente esta ayuda trato de encontrarla en personas que estén ajenas a este medio —y mirando a Rómulo le dijo—: por eso lo he escogido a usted.

—¡Ostras, menudo ayudante quiere usted!

—¿Entonces?

—Pues nada, que si usted me cree competente y es por una noble causa, pues claro que puede contar conmigo. Nunca pensé que mi visita a este país tendría un objetivo tan importante.

—Sabía que no me equivocaba con usted.

Ambos caminaron un rato por el jardín. Después el inspector acompañó a Rómulo hasta el auto, donde los dos hombres le esperaban, y allí le dijo entregándole un sobre:

—Tenga usted. Adentro encontrará un presente que he recibido hace pocos días. Guárdelo y después me lo devuelve.

Rómulo lo puso en su bolsillo, a continuación se dieron un estrechón de manos, y después subió al coche.

Durante el trayecto los dos hombres que conducían aquel Ford de cuatro puertas se mantuvieron sin cruzar palabra alguna. Ya en su habitación, Rómulo se quitó su chaqueta y corbata, bebió un trago de agua y se recostó en la cama. Entonces recordó el sobre, lo tomó y lo abrió. Era una postal de la ciudad de San Juan. En un extremo, escrito a mano, se podía leer claramente:

«Para nuestro buen amigo Silverio Miranda, de Fernando».

—¡Caramba, si esta es la letra y firma de mi padre! —exclamó Rómulo sentándose en la cama de un brinco —. Entonces este hombre es amigo de mi padre...

La Habana tiene un

Dr. Watson

Allí estaba, sentado en el muro del Malecón, el nuevo ayudante del inspector Silverio Miranda. Tratando de leer un grueso libro que llevaba mientras saciaba el hambre con un tamal caliente que recién había comprado a un vendedor ambulante, de los tantos que habitualmente merodeaban por el Paseo.

Apartó el libro a un lado, pues temía ensuciarlo con la comida. Además, sus preocupaciones no le dejaban concentrarse en la lectura.

«Ahora sí estaba metido en un serio embrollo. No solo tendría que encontrar un simple cofre de oro y llevarlo a San Juan, sino que al mismo tiempo debería ayudar a encontrar dos cargamentos del preciado metal, que llevaban escondidos no se sabía cuánto tiempo, y evitar que un suspicaz bandido los sacara de la isla... Esto parecía una locura».

«Debo tener el ceño tan fruncido que si Elena me viera de seguro se burlaría de mí».

«Elena... ese es otro asunto que no he sabido resolver. Muy bien que me vendría pasar un buen rato en su compañía para ver si se me pasa un poco el agobio por tantas responsabilidades».

Y así le iban las cosas a don Rómulo por aquella agradable urbe bañada por las aguas del Caribe, donde los pregones resonaban a la par del son.

Un rato después ya el sol calentaba bastante aquel sombrero de pajilla estilo Panamá que Rómulo usaba, por lo que decidió recoger sus cosas mientras comentaba en voz baja:

—Pues bien, vamos a hacer lo que se hace en estos casos: paso la hoja y me olvido de todo esto por el resto del día, y ya veremos que después en la noche las cosas se me aclaran más fácilmente.

La voz alegre de Rolo se escuchó entonces:

—Hola, don Rómulo. ¿Qué hace por aquí hablando solo? —preguntó el niño y comenzó a reír—. ¿Está usted tomando un poco de fresco en el Malecón?

—¿Qué tal, Rolo? ¿Cómo has estado? Hace un par de días que no nos veíamos —respondió el aludido mientras le extendía su mano al muchacho y se daban un ligero apretón.

—Estaba estudiando, la próxima semana comienzan los exámenes.

—Ah, qué bien, si necesitas ayuda cuenta conmigo, todavía me acuerdo de la tabla de multiplicar.

—Ja, ja, gracias, lo tendré en cuenta.

—Vamos, que te invito a tomarnos un guarapo.

—Con mucho gusto le acepto la invitación.

—¿Verdad que no hay nada mejor para coger energías que un vaso de guarapo? —dijo Rómulo.

—Y si viene acompañado de una masa real, mejor todavía —comentó el muchacho mientras los dos caminaban hacia la guarapera. Luego añadió: —Señor Rómulo mire hacia allá. ¿Qué cosa es aquello que sobresale por encima de las casas?

—Déjame ver —respondió el tapándose el sol con la palma de la mano —, parece ser un globo aerostático.

—¡Ah! Uno de esos que flotan en el aire.

—Exacto. Parece que algún temeroso aeronauta intentara realizar una travesía en estos días.

—Óigame, eso no me lo pierdo yo. Tengo que averiguar qué día será.

Los dos amigos siguieron su rumbo hasta llegar a la guarapera, donde varias personas se agrupaban para disfrutar de la asombrosa mezcla del jugo de la caña de azúcar y el hielo frappé, una de las bebidas típicas de esta zona del Caribe. Pidieron dos grandes vasos y comenzaron a degustar la refrescante y espumosa mezcla.

—¿Qué pasa Rolo, de qué te ríes?

—Límpiese el mostacho don Rómulo, que al parecer le han salido canas —respondió el muchacho entre carcajadas.

—Es cierto...ja, ja.

Unos minutos después se alejaron rumbo a la casa de huéspedes.

—Por cierto, don Rómulo, ¿no ha visto más al tal Cheo?

—No, por suerte aquel día el bandido no nos vio en casa de doña Lucía.

—Ella tampoco supo que el tal Cheo era el hombre que seguíamos. Cualquiera sabe qué enredo se hubiese formado, ¿no cree usted?

—Bueno, habría que ver de qué forma reaccionaría ella. Pero sí es verdad que aquella mujer es muy interesante, y muy inteligente.

—No en balde allí todos la respetan.

—Sí, es algo extraño. Yo estuve pensando en eso y creo que ella debe estar protegida por alguien bien poderoso de ese mundo.

—¿Usted cree que sea la mujer de algún jefe de banda o algo así?

—Muy bien que pudiera ser. ¿Pero sabes una cosa? Me da la impresión de que esa mujer se codea simultáneamente con personas de polos opuestos.

—¿No será que vive a escondidas en ese lugar?

—Pero... ¿Por qué razón?

—Vaya usted a saber...

—Yo noté que tenía un acento al hablar que no se parecía al de ustedes.

—¿Usted cree que sea una extranjera?

—Tal vez haya algo de eso.

—Estoy por creer que usted es medio detective, señor Rómulo —dijo Rolo y sonrió.

—¿Tú crees que tengo aptitudes para investigador? —respondió el aludido mientras se tocaba la barba y se arreglaba el cuello de la camisa para comenzar luego a reír.

Siguieron desandando por la calle Compostela.

—¿Tiene usted ahora algún tiempo libre señor Rómulo?

—Sí, por el momento no tengo nada planificado, ¿por qué?

—Vamos acompáñeme, lo llevaré a un sitio que de seguro le gustará.

—¿A dónde?

—Tengo un amigo que trabaja en un teatro que está cerca de aquí, él me permite entrar para ver los ensayos, es muy divertido. Ahora están preparando una obra comiquísima, los artistas representan a unos personajes muy famosos en estos tiempos: un gallego, un negrito dicharachero y una mulata muy hermosa, ja, ja, ja.

—¡Ah! Eso me gusta, por supuesto te acompaño.

—Óigame señor Rómulo, no se arrepentirá, usted verá como nos reímos con las cosas que hablan.

—Vamos para allá, que ya estoy impaciente. ¿Tú crees que me dejen entrar?

—Claro que sí, el que se disfraza de negrito es medio pariente de nosotros, y yo conozco al director de escena, le limpio los zapatos gratis los días que hay función.

—¡Tú eres un fenómeno!, te las sabes todas aquí en la Habana.

Tomaron rumbo hacia el teatro Martí, que se había hecho muy famoso en aquellos años presentando libretos del género bufo, ya algo más actualizados dentro del teatro vernáculo. En el trabajaban reconocidos artistas y prestigiosos músicos de la época.

Rolo tenía razón en lo que decía. Tan pronto llegaron pudieron entrar y acomodarse en dos de los asientos de la fila central, a unos veinte metros del escenario. La obra trataba temas actuales de la vida en la ciudad, de sus habitantes, sus costumbres, la política. Era una revista musical, hablada por momentos, con una peculiar interrelación entre los artistas y el público, donde la parodia y la sátira jugaban el papel principal. Las carcajadas de ambos se escucharon en reiteradas ocasiones durante todo el ensayo.

ΦΦΦ

No muy lejos, a unos diez kilómetros al oeste de la capital, un público numeroso puesto de pie esperaba con ansias desde la inmensa gradería, casi todos manoseaban en sus manos los tiques de las apuestas albergando la esperanza de ganar. La señal de salida estaba por darse, desde lo alto de una torre un hombre miraba su reloj mientras que mantenía una bandera de cuadros levantada en su otra mano. Los jinetes con sus coloridos trajes enumerados esperaban en cuclillas sobre los lomos de sus caballos que se abrieran aquellas puertecillas metálicas que los mantenían a raya, para comenzar la desaforada carrera que los llevaría por aquella pista de arena de unos dos kilómetros de longitud, conformada por dos largos tramos rectos y dos grandes curvas.

Ella miraba hacia la salida como todos los demás, aunque en realidad, poco le importaba quien ganara, no estaba allí porque le encantara dicha actividad, estaba por otros asuntos para ella más importantes. Su alta estura destacaba dentro de la representación femenina, vestía ropa elegante muy a la moda de aquellos días, un vestido de seda color ocre que caía por debajo de sus rodillas, con dibujos en tonos oscuros. Sus cabellos rubios se asomaban levemente por debajo de un sombrero cloché de color beige adornado con una cinta en carmelita, que usaba bien calado hasta los ojos, en sus manos una pequeña cartera con incrustaciones de piedras, y varios tiques de apuestas.

El hombre bajó la bandera y el repicar de los caballos arreció dejando una nube de polvo en el aire. Minutos después ya se podía apreciar la desenfrenada carrera, mientras que el grupo de equinos doblaba en la primera curva de la pista del Hipódromo Oriental Park, construido a mediados de la segunda década republicana. Era una inmensa gradería techada, donde abundaban los sombreros de hombres estilo pajarita y los trajes con pantalones anchos conocidos como Oxford bags.

Mientras la carrera duraba el público se mantenía de pie en atención, siguiendo con la vista el desarrollo de la competencia. Unos minutos después la algarabía pasaba a convertirse en escándalo, al sobrepasar los competidores la segunda curva y comenzar a acercarse a la meta. Otro par de minutos más y concluía la carrera. Algunos muy eufóricos y contentos bajaban a las cabinas de venta para cobrar sus regalías, pero otra gran parte lanzaba al aire el tique desvalorizado y ponía sus esperanzas en la próxima salida.

Ella arrojó su tiquet y miró a ambos lados para relajar la atención, entonces su vista se cruzó con la de don Ramón que hacía unos minutos la miraba detenidamente, le respondió con un leve gesto el saludo respetuoso que él le propició al tocarse su sombrero de paño como si fuera a quitárselo, después ella se sentó y volvió a poner su mirada en la pista.

Transcurrió un breve receso en el que se alistaron nuevos competidores en la salida.

El hombre se acercó a ella y le preguntó:

—Buenas tardes, ¿me permite una sugerencia?

—Buenas tardes, ¿por qué no?

—Pruebe con este caballo, se apoda *El magnate tramposo*, tiene muchas posibilidades de ganar —le recomendó extendiéndole un tiquet.

Ella titubeo en aceptarlo, pero él insistió:

—Por favor.

La elegante dama lo recibió y con una mirada de agradecimiento contestó:

—Muchas gracias por su cortesía.

Ambos pusieron su atención en la arrancada, ya los caballos estaban a punto de salir.

La carrera comenzó. En la primera curva el caballo había perdido terreno y al iniciar la recta corría de último entre los cinco que competían.

Ella miró al hombre que estaba a su lado interrogativamente pero él no contestó. Solo sonrió moviendo su habano entre sus gruesos labios y le prestó los prismáticos que portaba en sus manos. Ella los tomó y se los colocó dirigiéndolos hacia la pista. Cuando ajusto su vista en *El magnate tramposo* no pudo más que sorprenderse, el animal súbitamente propició un impulso desmesurado en su galope y comenzó a ganar terreno, uno a uno fue rebasando a sus contrincantes hasta que al doblar la segunda curva ya se había colocado en la segunda posición. Al tomar la recta final el caballo aceleró aun más su marcha y faltando unos treinta metros para la meta le robó el primer lugar a su rival.

Una exclamación de asombro se escuchó en la gradería. Ella estaba sorprendida, el hombre sonreía.

—Mis felicitaciones, ha ganado usted —dijo.

—Me ha parecido asombroso, la forma en la que ese caballo se ha adjudicado esta carrera.

—Es un animal muy inteligente y astuto, por eso me gusta tanto. A veces hay que ceder al principio de una batalla para engañar al rival, después arremeter con fuerzas y vencer.

—Suena algo bélica su filosofía de las competencias.

—Mi formación así lo requiere, soy un ex militar retirado, pero activo en la vida civil.

—Se aprecia en su forma de actuar.

—Ramón del Monte para servirle —se presentó haciendo una leve reverencia con su sombrero.

Ella respondió con un gesto:

—Lucía Da Silva.

—Le invito a tomar un café.

—Muy amable, pero ahora tengo que marcharme.

—Podemos vernos nuevamente.

—Por supuesto.

—¿Cuándo?

—Algún día será no se preocupe, esta ciudad es grande para algunas cosas, pero a la vez pequeña para otras. Un placer conocerle, hasta luego.

Y de esta forma ella giró y dejó a don Ramón casi sin palabras.

—Hasta luego, señorita Lucía Da Silva.

Ella miró hacia atrás y deteniéndose esbozó una sonrisa pícara y replicó:

—Gracias por la carrera, debo cobrar mi premio.

—Un placer —respondió él dando una bocanada a su puro para después esparcirla al viento.

Mientras ella se alejaba, él hizo un gesto a un hombre que se mantenía alejado, se acercó y después de recibir instrucciones, se marchó detrás de ella.

La dama bajó las anchas escaleras hacia la planta baja. Era un inmenso salón. En el centro estaban las cabinas de las apuestas, hacia los lados, cafeterías, estanquillos, pequeñas tiendas y un restaurant. Después de cobrar sus ganancias, guardó el dinero en su bolso y disimuladamente pasó su vista alrededor. Entonces dirigió sus pasos hacia el restaurante, entró al salón de damas y se escurrió por una puerta de servicios hasta salir al área exterior, allí cerca estaba aparcado un auto, en el se acomodó y rápidamente se alejó del lugar.

Un rato después, el hombre que debía seguirla regresaba a donde estaba su jefe y recibía un severo reproche por no haber cumplido su misión.

—Está bien, yo la encontraré. ¿Qué no podré hacer yo en esta ciudad? —comentó enojado el comisario, entonces puso su atención nuevamente en la próxima carrera. Media hora más tarde abandonó el hipódromo después de acomodarse en el asiento trasero de un coche Ford último modelo y ordenar a su chofer:

—Veamos como están las cosas por la comisaria.

—A la orden señor.

Dio una bocanada a su habano, se quitó el sombrero y lo colocó a su lado sobre la brillosa piel del asiento, su pelo crespo y oscuro dejaba entrever algunas canas, sus patillas largas y muy bien cuidadas se ensanchaban en su parte más baja hasta unirse en una sola pieza con su abultado mostacho. Echó un vistazo a su reloj y después se concentró en sus pensamientos:

«Eran tiempos buenos para la política, y para los negocios. Bajo su criterio, la política era un negocio, tal vez para un pequeño comerciante no era muy importante inmiscuirse con esas esferas de poder, pero no para su persona, su regla principal era inviolable, para hacer cualquier trueque comercial era imprescindible estar bien respaldado. Su cargo en el gobierno era solo una estrategia, poco le importaba la ley, el hacia las leyes en su jurisdicción.»

La bonanza existente en el ámbito económico del país le daba a don Ramón del Monte mucha más soltura en el desempeño de sus deberes. La nueva república que contaba con menos de dos décadas, todavía no se había fortalecido, quedaban demasiados arraigos de la época colonial y muchos cargos del nuevo gobierno no estaban en buenas manos. El poder financiero se movía en las trastiendas, y esa era su oportunidad para retirarse de la esfera política con una gran fortuna.

El auto se alejó rápidamente, abriéndose paso por las avenidas con la prepotencia acostumbrada de sus pasajeros.

A esas horas de la tarde también otro auto se movía en la ciudad, en un rumbo diferente. La misteriosa dama que no había dejado rastros a la salida del hipódromo conducía placenteramente, mientras tarareaba una melodía foránea. Una hora más tarde su coche entraba al patio de una residencia donde una señora le habría amablemente la puerta:

—¿Cómo le ha ido hoy señorita Lucía?

—Muy bien Nana, y tú ¿cómo la has pasado?

—Perfectamente, deja que pruebes el ajiaco que he preparado, te chuparás los dedos.

—¡Uh, ya me imagino, con el apetito que traigo!

Ambas subieron las escaleras hacia el segundo piso. Lucía siguió rumbo a su habitación, allí se quitó su sombrerillo y después la peluca, dejando libre su oscura y lacia cabellera. Se la acomodó suavemente con sus manos y después comenzó a peinársela pausadamente.

Se quedó un rato contemplando el horizonte desde su ventana y pensando:

«A veces se sentía agotada, los años pasaban y ya aquellos sueños juveniles que la impulsaban en la búsqueda de osadas y peligrosas aventuras comenzaban a quedar atrás, sus obligaciones ya se subyugaban a sus deseos, lo que en otros tiempos representaba para ella el éxtasis aventurero, la osadía y el valor, ahora había perdido sentido...»

—Señorita Lucía, la cena está lista.

—Enseguida voy, Nana.

Una gran mesa para ocho comensales esperaba por ella. Solo que estaba servida para una sola persona. Tomó asiento en uno de los extremos.

—¿Comerás conmigo verdad?

—Está bien, si lo deseas —respondió la señora.

—Pues claro.

Ella destapó la sopera y con mucho cuidado sirvió el ajiaco criollo que había traído en dos sencillos tazones sobre platos de una vajilla blanca con decoraciones floreadas.

—A tu señor padre le encantaría esta comida.

—Seguro que sí, él es fanático de tu sazón, pero por ahora tendrá que esperar algunos años para poder saborearla nuevamente.

—A no ser que usted decida reunirse con él, ¿no ha pensado nunca en la posibilidad de mudarse a su tierra natal?

—Sabes que no puedo abandonar mis obligaciones.

—Pero algún día merecerás unas vacaciones, ¿no crees?

—En este mundo, Nana, las vacaciones me pueden acarrear serios problemas, no puedo bajar la guardia, siempre tengo a mis oponentes esperando una oportunidad.

— Tienes razón —respondió la señora bajando la vista.

Lucía se aproximó a la señora, le acarició su mano y le dijo:

—No Nana, la que tiene razón eres tú, ya vengo pensando en esto desde hace un tiempo.

La señora levantó la vista y con intencional picardía, preguntó:

—¿Y también has pensado en un esposo, e hijos?

Lucía sonrió, apartó su vista pensativamente por un instante, después nuevamente miró a la señora y le respondió:

—Esa es otra historia, hasta ahora no ha llegado a mi vida esa persona, el día que lo conozca no tendré la menor duda en demostrárselo y si es sincera y recíproca la atracción, por supuesto que serás la primera persona en saberlo.

—¡Ah, que bonitas palabras!

—Bueno..., ahora a comer que este olor me tiene en ascuas.

—Ja, ja, pues a comer niña Lucía.

Aún no habían terminado la cena cuando alguien tocó a la puerta.

—¿Veamos quien anda por estas tierras y a estas horas? —refunfuñó Nana poniéndose de pie para dirigirse al umbral.

Unos minutos después regresó trayendo en su diestra una nota. Se la entregó a Lucía y volvió a tomar asiento. Ella la desdobló y pasó su vista rápidamente por aquellos apurados garabatos, miró a Nana buscando su aprobación y haciendo con sus hombros un gesto de conformidad, dijo:

—Las obligaciones me procuran, algo inusual está ocurriendo en las apuestas, tengo que salir pero espero regresar rápido.

—Cuídese niña, recuerde las enseñanzas de su padre.

—Así lo haré, no te preocupes.

Detrás de la puerta un hombre corpulento que esperaba se quitó el sombrero y saludó. Un rato después Lucía y su acompañante caminaban por unos estrechos corredizos hasta llegar a una puerta donde el hombre dio varios toques, alguien se asomó por una pequeña escotilla y rápidamente abrió. Ambos entraron a una confortable habitación que parecía mas bien una oficina de trabajo, pues en ella laboraban arduamente unas cinco personas en diferentes escritorios repletos de documentos, con algunas máquinas de calcular de las más modernas de la época marca "American". Un saludo amable y respetuoso se escuchó casi al unísono al que ella respondió amablemente con una sonrisa, después se acercó a un señor que revisaba minuciosamente unos largos listados de números, y tomó asiento frente a él. *El canoso*, pues así le nombraban sus compañeros, le extendió uno de los listados mientras le explicaba algo referente a ellos, estuvieron conversando un largo rato hasta que Lucía, poniéndose de pie, se despidió del grupo y acompañada por su escolta, regresó a su casa.

A esa misma hora, otro tema de suma importancia se discutía en una de las habitaciones del segundo piso de Casa de Huéspedes de doña Clara, los tres mosqueteros que habían sido designados para recuperar el cofre de oro, a pesar de las constantes diferencias entre Rómulo y Elena, al fin acordaban un plan definitivo para realizar la misión.

ΦΦΦ

Al día siguiente, Arturo, cargando tres grandes paquetes, entró muy temprano por la mañana a la casa de correos. Los entregó en el mostrador y después de pesarlos pagó el coste del envío. El destino sería un pueblo nombrado Guanabo, que quedaba a orillas del mar y a unos veinticinco kilómetros de la capital.

Esa misma noche, dos hombres merodeaban por las afueras de la oficina de correos. Una verja protegía la entrada hacia el patio, pero fue cosa fácil escalarla. Una ventana de la parte trasera se abrió y ambos entraron.

—¿Todo está en orden? —preguntó uno de ellos

—Sí. Todo está tranquilo por acá —respondió ella.

—Vayamos a lo nuestro.

Los dos hombres colocaron una escalera que estaba en el patio para poder acceder hasta una portezuela del ático de la edificación. Subieron por ella y allí adentro sacaron unas herramientas de sus bolsos. Después de hacer algunas mediciones bajo la luz de una linterna, comenzaron a cavar en el entresuelo.

Elena se quedó en la planta baja. Ella había convencido a una prima, que se encargaba de la limpieza de la oficina en las horas de la noche, para que los dejara entrar a cambio de una retribución monetaria.

Comenzaron los trabajos de localización del preciado cofre en el sitio que indicaba el plano.

Una hora después, los dos hombres paraban los trabajos y se secaban el sudor.

—Rómulo —susurró Arturo— ya hemos profundizado demasiado en este sitio y no aparece nada.

—¡Qué extraño! Supuestamente, este es el lugar.

Después de unos minutos de análisis comenzaron a cavar en otra área cercana.

—Tampoco aparece nada aquí —señaló Arturo, después de otra hora de trabajo.

Ya tenían dos grandes lomas de relleno dispersas en el entrepiso y ni rastros del cofre.

Elena había terminado de hacer la limpieza y ya comenzaba a impacientarse. Subió por la escalera y se asomó al ático.

—¿Qué es lo que pasa? Ya falta poco para que amanezca.

—Es que no aparece el dichoso cofre —respondió Rómulo.

—Tú decías que sabías dónde estaba —le replicó ella en tono de burla.

—No comiences con tus ironías que no hay tiempo para eso —respondió él un tanto disgustado.

Elena, sonrió y balbuceó:

—Vaya, vaya, con el universitario y sus cálculos...

Arturo intervino en la discusión.

—Bien, tomemos una decisión y rápido pues Elena, tiene que salir de la oficina.

—¿Tú qué propones? —preguntó Rómulo.

—Tenemos dos opciones, quedarnos aquí ocultos hasta mañana por la noche para seguir buscando o venir otro día para continuar la búsqueda.

—La primera sería un gran riesgo. ¿Qué tal si mañana Elena no consigue la forma de entrar? ¿Cómo saldríamos de aquí con el oro, sin ser descubiertos?

—Es cierto, tendremos que posponer los trabajos.

—Pongamos el relleno en su lugar y marchémonos.

Un rato después Elena y Rómulo llegaban a la entrada de la casa de huéspedes. Durante el trayecto no cruzaron palabra alguna.

—Si quieres tomar café vamos hasta la cocina —propuso ella.

—Gracias, pero no me apetece —respondió él secamente, al tiempo que se dirigía a su habitación.

—Tú te lo pierdes, gruñón.

Rómulo se recostó en la cama, pero no podía conciliar el sueño.

«¿Qué habrá pasado con la ubicación del cofre? Todo el plan ha salido a la perfección, Arturo y Elena han hecho su parte y sin embargo lo que me corresponde a mí ha sido un fracaso. Me siento frustrado. Hemos perdido una preciosa oportunidad y todo por mi culpa».

Estuvo pensando en el asunto durante un largo trecho de la noche.

«Tal vez no me he equivocado en cuanto al lugar donde debía estar el cofre y lo que puede haber ocurrido es que alguien se nos haya adelantado y hayan extraído el oro».

Finalmente el sueño lo venció.

En la mañana del día siguiente, Arturo debía ir al correo para retirar los paquetes que había dejado allí la mañana anterior, antes de que fueran enviados al lugar de destino. El plan consistía en colocar el oro en los paquetes y sencillamente esperar a que el correo los transportara hasta un sitio seguro, donde ellos lo esperarían.

El baile

Rómulo, regresó a la casa de huéspedes después de realizar una temprana caminata por las cercanías. Apenas cruzó el umbral, una de las sirvientas se dirigió hacia él con un sobre en la mano.

—Señor don Rómulo, aquí tiene la correspondencia.

—¿Para mí? Gracias, señorita.

Recogió el sobre y siguió a su habitación.

«Es una invitación para un baile... para cuatro personas. El próximo domingo a las 2:00 p.m. ¿Quién me la habrá enviado? Está claro que es para mí, pues aquí está mi nombre».

Colocó la invitación en su sobre y lo dejó sobre la mesa. Se asomó a la ventana, desde donde se podía ver un barco que se acercaba a la bahía.

Prosiguió dándole vueltas al asunto.

«Creo que se la regalaré a alguien. En realidad yo no estoy muy interesado en ir a un baile donde no conozco a nadie. Tal vez pudiera invitar a Elena, pero las cosas entre nosotros siguen con mucha tirantez. Ella no pierde la oportunidad para provocarme».

Tomó un vaso de cristal y se sirvió agua. Mientras bebía comentó: «Aunque mirando las cosas desde otro punto de vista, tal vez soy yo el que tiene la culpa».

Las palabras de su madre resonaron en sus oídos:

«Hijo, cuando tengas problemas con alguna persona, por diferencias de algún tipo, no dejes que la soberbia se apodere de tu alma. Debes ponerte en el lugar de la otra persona y razonar si tu propia actitud ha sido la mejor. Muchas veces pensamos que tenemos la razón y estamos errados. Al final, recibimos el fruto de lo que hemos malinterpretado».

Terminó de beber el agua.

—Bajaré a la cocina para tomar café y desayunar —pensó en voz alta, mientras colocaba el sobre en el bolsillo de su chaqueta.

Después de dar los buenos días a otros huéspedes que allí estaban, se acomodó en una pequeña mesa ubicada en una apartada esquina del comedor. Elena lo divisó desde la cocina y se acercó con su acostumbrado y bello balanceo.

—Buenos días. ¿Desea usted tomar café?

Aquel perfume de fragancia fresca que la acompañaba envolvió a Rómulo.

—Buenos días. No tienes que tratarme de usted, recuerda que nos conocemos hace muchos años.

—La persona que yo conocí hace muchos años era otra, no al que tengo sentado delante de mí —respondió ella con desdén.

—Elena, por favor, no sigamos tratándonos así.

—¿Y cómo el señor quiere que lo trate?

—No sé... de otra forma...

—¿De qué otra forma?

—No sé, tal vez como al principio, cuando llegué aquí.

—¡Ah!... Ahora comienza a parecerse a alguien conocido. Mire usted, mejor le traigo su café —dijo y giró su cuerpo para encaminarse a la cocina.

—Elena... espera un momento.

Ella se detuvo y miró hacia atrás con el ceño fruncido y una mirada penetrante.

Rómulo se agazapó en la silla y le imploró:

—Por favor, no le pongas demasiada azúcar.

Ella apretó los labios y sin poderse contener soltó una carcajada.

—Dos cucharadas le voy a poner, para que te endulcen el día, que falta que te hace.

Después se fue a la cocina.

Rómulo respiró más aliviado, al parecer las cosas comenzaban a normalizarse, aunque con Elena nunca se sabía el rumbo que iban a coger.

«Qué muchacha más dominante, Dios mío», pensó mientras comenzaba a hojear un periódico. «Pero es tan simpática cuando quiere, tan especial».

Unos minutos después estaba ella de regreso. Le sirvió el café a Rómulo y se sentó frente a él.

—Está delicioso el café, un poquito dulzón, pero... ya me estoy acostumbrando.

Ella sonrió.

Rómulo puso la invitación sobre la mesa y dijo:

—Mira esto.

—¿Un sobre?

—Ábrelo.

—¡Una invitación para un baile, en los Jardines de la Tropical!... Oh, ¡esto es algo especial!

—Es para ti.

—¿Para mí?

—Pues claro.

—¿Cómo la conseguiste?

—Alguien me la envió.

—Pero... ¿no sabes quién fue?

—No tengo idea, pero lo sabré en su momento.

—Oh, esto es maravilloso ¿A qué hora me recogerás para el baile?

—En realidad... yo no pensaba ir.

—¡Ya empezaste con las tonterías! —exclamó ella.

—¿Por qué me dices eso?

—Se conoce que tú no sabes lo que es un baile en ese lugar. Esos jardines son una belleza. Hay varios salones con diferentes orquestas, bailarines, espectáculos. Una maravilla que no te puedes perder.

—¿Tú los has visitado?

—Una sola vez y quedé encantada. Además, la persona que te envió la invitación lo hizo para que fueras, así que no puedes despreciar ese gesto.

Rómulo se quedó pensando unos segundos. Ella volvió al ataque:

—Otra cosa, ¿si no vas cómo sabrás quién te la envió?

—Tienes razón.

—Tal vez fue una dama... —sugirió ella irónicamente.

—No creo.

—No se hable más, te espero el domingo al mediodía y así de paso saludas a mi madre.

—De acuerdo.

—Eso sí, tengo que llevar a mi hermano, pues sola, mi madre no me dejará ir.

—Es lo correcto, por mi parte no hay nada que rebatir.

Elena se acercó a él e inclinándose zalameramente, le susurró al oído:

—Así dejas de pensar un poco en el dichoso cofre del oro y disfrutas de la vida real... ¿no crees?... Hasta luego.

Rómulo no contestó. Sintió un agradable cosquilleo en el estómago. Se quedó sentado durante un rato más, pensando:

«A pesar de que ella nuevamente me está provocando con sus tonos burlones, lo percibo de otra forma. A decir verdad, me está comenzando a gustar el juego de palabras.

»Ella no ha cambiado en su forma de ser. ¿Cómo es que no la reconocí desde el primer día? Claro, que ella también tenía razones para disgustarse. Pensándolo bien, es una buena señal que actúe así, eso denota que aún existen lazos de aquella amistad de la infancia».

—Buenos días, señor Rómulo —le interrumpió el anciano padre de doña Clara.

—Buenos días.

—Una vendedora de frutas pregunta por usted en el zaguán.

—¿Por mí?

—Sí, solo tenemos un huésped llamado Rómulo —sonrió el anciano.

—Veamos de qué se trata. Gracias por el aviso.

—No es nada. Por cierto —susurró el anciano—, tiene bonita figura la joven.

—¿No me diga usted?

—Vamos, no se me haga el tonto —añadió sonriendo el anciano mientras lo tocaba con el codo.

La mujer saludó a Rómulo y le entregó una nota, a continuación se marchó.

Él se fue a una esquina del zaguán y sigilosamente la leyó. Después salió a la acera, y le siguió los pasos a la muchacha. Ella se dirigió a la Plaza Nueva.

Rómulo se confundió con los transeúntes, que se movían en todas las direcciones, comprando víveres y otras cosas.

Tomó por un callejón, y continuó siguiendo a la vendedora que le había entregado la nota. Solo se entretuvo un instante y la mujer se le escapó de la vista.

«Tiene que haber entrado por aquí», pensó, y se introdujo por una doble puerta de madera que le quedaba a la derecha.

Un patio interior daba la bienvenida.

Unos pasos más adelante y desde la parte superior de una escalera, la mujer le hizo señas para que subiera.

Otro pasillo y una terraza.

—¡Mi querido amigo! ¿Cómo está usted?

—Ah...Ya me parecía que esto era cosa suya, don Silverio —respondió Rómulo extendiendo su mano para estrechar la del inspector.

—Qué bien. Veo que se le está despertando el sentido detectivesco.

—Más o menos, por ahí andamos.

—Siéntese, por favor. Debemos conversar sobre algunas cosas.

Allí estuvieron charlando casi una hora.

Antes de terminar la conversación, el inspector precisó algunos detalles con su nuevo ayudante.

—Esté muy alerta, que algo se prepara y usted estará implicado.

—Pero... ¿Tiene alguna idea de lo que traman?

—Exactamente, no lo sé. Pero existe un eslabón perdido en esta cadena, por el cual ellos no logran llegar hasta el objetivo.

—El objetivo... ¿es el oro, por supuesto?

—Exacto. Creo que existe alguna razón entre usted y ese eslabón que le comento.

Él quedó pensativo, mientras el inspector lo observaba intentando descubrir algún signo de información oculto.

Rómulo trató de desviar la atención, no podía poner al inspector al corriente de sus andanzas y al parecer, todo tenía que ver con el objetivo de su viaje.

—No creo que sea exactamente mi persona. Tal vez están confundidos. Entonces, ¿qué debo hacer?

—Por el momento solo estar alerta. Esto pudiera ser un tanto peligroso, pero es la única forma que tendremos para acercarnos más a la verdad.

—De acuerdo.

—Necesito que usted medite acerca de todo esto, y trate de relacionar su pasado con esta situación. Ahí está la clave de este caso.

—Así lo haré.

—A veces, pasa por mi mente, la idea de que, tal vez, algún familiar o amigo cercano a usted, tenga que ver en esto.

Rómulo no contestó.

El inspector se puso de pie y extendiéndole la mano se despidió. Luego se marchó por otra salida. Rómulo esperó un rato y después regresó por donde había venido.

Un nuevo plan

Tras el almuerzo, Rómulo se sentó a leer un periódico en una confortable mecedora en la sala de estar de la casa de huéspedes. Unos minutos después el suculento plato de harina de maíz tierno hizo su parte y el sueño lo invadió. Allí mismo echó una siesta.

Media hora más tarde, despertó sobresaltado. Había soñado con el anciano que muchos años atrás hubo de obsequiarle el libro. En el sueño le decía:

«Este será tu libro de consulta, si no logras descifrar algo no te desanimes, solo lee, busca las palabras claves y espera... Verás que la respuesta aparece en cualquier momento».

Saltó del sillón y corrió hacia su habitación.

—¡Claro, el acertijo está en la frase que aparece en el plano, cómo no me había dado cuenta!

Buscó la silla, se subió en ella y extrajo el sobre escondido. Abrió el dibujo sobre la mesa y leyó en voz baja:

—Muchos de ellos llegaron a esta ciudad con su bolso al hombro para quedarse..., y trocaron el este por el oeste.

—¡Claro, ya lo tengo! —exclamó dando un golpe sobre la mesa y luego prosiguió en voz baja—: ¡Trocaron el este por el oeste, aquí está el secreto! ¡El cofre está en la otra galería, la del lado oeste del edificio y no donde está marcado! Ahora sí está todo resuelto. Debo avisar a Arturo y a Elena.

Pero una rápida reflexión lo sacudió.

—¡Caramba!, ahora recuerdo que en la otra galería está la jefatura de policía... la oficina de don Ramón!

Dio unos pasos por la habitación y después se asomó a la ventana. Le habían lanzado un cubo de agua fría, como dirían por ahí.

«¿Cómo lograremos entrar a un lugar tan vigilado?».

Estaban nuevamente en otra encrucijada.

ΦΦΦ

Esa misma tarde, Rómulo puso a sus compañeros al tanto de su nueva conjetura. Cada uno de ellos debería averiguar todo lo posible acerca del interior de la jefatura. Debían elaborar un dibujo de los espacios existentes en las oficinas, para compararlo con el que poseían y determinar cuál era el local donde supuestamente estaba oculto el cofre.

En la noche ya sabían dónde estaba.

—Y bien... ¿Alguien tiene alguna idea?

Nadie contestó a la pregunta de Arturo.

—Tenemos que averiguar si los áticos de las dos galerías se comunican. Si es así, podríamos llegar hasta allí entrando por el correo y de esa forma, retomaríamos el plan inicial —propuso Elena.

—Podría ser una opción. Habría que cavar con mucho cuidado para que el ruido no se escuche abajo o la guardia nocturna nos descubriría —comentó Arturo.

—Podríamos, tal vez, entretenerlos a ellos, pero ¿cómo?

—Tal vez crear alguna confusión en la jefatura para desviar la atención a la hora de cavar —dijo Elena.

—Pero después de un alboroto así, ¿cómo lograríamos salir del correo? —preguntó Arturo.

—Nos quedaremos ocultos esa noche y saldremos al día siguiente —alegó Rómulo mirando a Elena, quien se sintió complacida por la aceptación de su propuesta.

—Todo me parece bien. Solo que debemos preparar el plan más detalladamente —resumió Arturo—. Hagamos una cosa. Que cada uno de nosotros traiga mañana por la noche su propuesta y tomaremos la mejor variante. ¿Estamos de acuerdo?

Los demás afirmaron y al poco rato Arturo se marchó.

—Yo también me retiro —le dijo Elena a Rómulo—. Has sido muy amable al apoyar mis propuestas.

—Son buenas ideas, no lo hice por nada personal.

—Tú como siempre, pareces un militar en campaña.

—No vuelvas con lo mismo.

—Bah... —contestó Elena haciéndole una reverencia con su mano—, hasta mañana gruñón.

—Hasta mañana.

—Y no te olvides del baile del domingo, que una cosa no tiene que ver con la otra —resumió ella al alejarse por el pasillo con su acostumbrado balanceo mientras Rómulo, la miraba desde la puerta de la habitación y balbuceaba:

—Qué mujercita esta...

De pronto Elena giró rápidamente y lo sorprendió mirándola. Rómulo se quedó sin saber qué hacer. Ella se acercó nuevamente y le comentó:

—Mejor será que me acompañes hasta mi casa y de paso damos un paseo, todavía es temprano.

—De acuerdo, déjame coger mi chaqueta —respondió él, tratando de esquivar su mirada acusadora.

La noche estaba hermosa. En esta época del año la temperatura en la isla era cálida y a la vez fresca, debido al comienzo de la temporada de lluvias. Los árboles se llenaban de flores y los paseos y plazas se tornaban especialmente agradables a los paisanos, y por supuesto mucho más románticos para los enamorados..., que algo había de esto entre ambos y sus tantas discordias.

Después de deambular un rato por el Malecón habanero y de regreso a la zona antigua de la ciudad, los dos amigos de la infancia mantenían una conversación acerca de la música cubana y puertorriqueña.

—Entonces... ¿Quiénes crees que bailen mejor, las mujeres de Puerto Rico o las cubanas?

—No soy un especialista para contestar eso.

—No hacen falta estudios para saber eso.

—Claro que sí...

Al llegar a la esquina, dos hombres bajaron de un auto y se abalanzaron sobre Rómulo sin darle tiempo a nada.

—¿Qué es lo que pasa?

—Señor Rómulo, está usted detenido —ordenó uno de ellos a la vez que mostraban sus placas de oficiales.

—Óigame, esto debe ser un error —alegó Elena tratando de interceder por Rómulo.

—Mejor quédese usted tranquila, señorita, o de lo contrario nos tendrá que acompañar.

—Elena, no te inmiscuyas que yo me las arreglo —intervino Rómulo—. Ve para tu casa que mañana hablaremos.

Los dos hombres llevaron a Rómulo hacia un auto y desaparecieron rumbo a la comisaría. Elena se quedó un rato sin saber qué hacer, hasta que decidió ir a avisarle a Arturo.

—Sin duda que esto es cosa de don Ramón del Monte. Ahora vamos a tener que poner el nuevo plan en marcha lo antes posible. Tengo que contactar a un amigo mío que trabaja en la comisaría para averiguar qué es lo que están tramando con Rómulo.

—Sin él, no podremos realizar el trabajo.

—Debemos pensar con calma acerca de todo esto. Vamos, te acompaño a tu casa.

ΦΦΦ

Durante el recorrido, Rómulo imaginó por un momento que todo podía ser cosa del inspector Silverio, pero un rato después cambió de opinión. El auto fue directo a la comisaría de la calle Acosta. La jurisdicción de don Ramón del Monte, ahora sí las cosas estaban tomando otro matiz.

Unas horas después, Rómulo esperaba en una celda por una entrevista que no se efectuaba. Ya entrada la madrugada, el sueño lo venció.

Todos para uno y uno

para todos

Muy **temprano** por la mañana, una conversación tenía lugar en la oficina de una compañía constructora en San Juan, a muchos kilómetros de distancia de La Habana.

—Buenos días, Fernando.

—Buenos días, compadre, siéntate.

El recién llegado tomó asiento en una de las dos butacas de piel que quedaban frente al escritorio de roble muy bien pulido, mientras que en el otro extremo su compadre volvía a poner sus ojos sobre un pequeño documento que minutos antes había extraído de un sobre. Era una oficina amplia, muy bien ventilada de colores claros, con varios libreros repletos de manuales técnicos, una mesa de dibujo, y muchos cuadros en las paredes de edificaciones en procesos constructivos.

—Te veo algo preocupado.

—¿Sabes una cosa, Lisardo? Voy a tener que viajar.

—¿Qué ocurre?

—He recibido un telegrama donde se me informa algo relacionado con Rómulo.

—¿De qué se trata?

—Todo es un poco extraño. Al parecer han detenido a mi hijo sin ninguna causa...

—¡A Rómulo! Pero... ¿quién envió el telegrama?

—Eso es lo que no logro entender, es un anónimo.

—¿Un anónimo? ¿Con tantos amigos que tenemos allá? Creo que tienes razón, en todo caso lo hubiese enviado alguno de ellos.

Fernando, dio unos pasos por la habitación.

—Me da la impresión de que lo que pretenden es que yo regrese a la isla. Algo se trama y de seguro tiene que ver con el oro.

—Tal vez alguien se apoderó del dibujo.

—No sé...

—Voy contigo.

—No, mejor quédate al frente de los negocios.

—De ninguna manera. Esto lo empezamos juntos y lo terminamos juntos.

—Está bien. Ve a tu casa y recoge un ligero equipaje. Yo voy hasta la playa para hablar con Ramiro. Quiero ver cómo reacciona, y si ha tenido alguna noticia al respecto.

—Entonces, nos vemos en un rato.

—De acuerdo. También quiero enviar un telegrama a nuestro amigo Silverio. Tal vez él pueda averiguar algo por el momento.

ΦΦΦ

La noche volvió a apoderarse de la Villa de San Cristóbal.

«Joder, ya es medianoche. Llevo dos días aquí y nadie se acerca para decirme la causa por la que estoy en esta pocilga. Aquí hay gato encerrado».

Rómulo miró hacia la alta ventana que quedaba en la pared del fondo, pues le pareció escuchar un ruido cercano diferente al lejano bullicio de la calle. Seis barrotes de metal se encargaban de separarlo del exterior. Los dos guardias que le habían traído la comida unas horas antes ya dormitaban en la oficina de al lado.

Se acercó y puso en alerta su oído, pero no escuchó nada.

Volvió a la cama y se sentó. Unos instantes después algo llamó su atención. Se puso en pie, caminó hasta el extremo opuesto de la celda y miró hacia el techo.

«Qué extraño, me ha parecido ver caer polvo desde arriba».

Se agachó y tocó el piso. Por la ventana entraba algo de luz.

«Sí, este polvo parece fresco» pensó mientras lo olía. Al mirar hacia arriba cayó polvo sobre él.

—¡Joder, esto sí que es raro! —exclamó en voz baja.

Miró con detenimiento hacia arriba, hasta que le pareció ver algo de luz a través de las juntas de los ladrillos.

Arrastró la mesa hacia el lugar sin hacer ruido, y cuando se subió en ella escuchó un susurro que llegaba desde arriba.

—Rómulo..., ¿estás ahí?

La alegría lo invadió, reconoció la voz de Elena.

—Sí, aquí estoy. Debajo de ti.

—¿Puedes ayudarnos a levantar estos ladrillos?

—Claro que sí. Ahora mismo los empujo hacia arriba. Pero... ¿para qué?

—No preguntes y hazlo, por favor.

—Está bien.

Los ladrillos fueron desplazados poco a poco hasta que Rómulo pudo ver con agrado la sonrisa de Elena mientras le susurraba:

—Bienvenido a estas tierras, señor mío.

El brazo de Arturo, se encargó de tirar a Rómulo, hacia arriba.

—Vamos a cerrar el hueco nuevamente —susurró Arturo.

Con mucho cuidado y un poco de mortero colocaron los ladrillos en su sitio.

Un rato después los tres se arrastraron hasta la parte central del ático, donde la cubierta era más alta.

Elena se acercó a su oído y le susurró:

—Tenías razón en tus suposiciones...

—No entiendo.

—Por favor, ayuda a Arturo a cargar ese cofre.

Rómulo la miró e iba a soltar una exclamación cuando ella le cubrió la boca con sus manos.

—Ya lo encontramos.

Rómulo no pudo menos que abrazarla. Los tres comenzaron a bailar con gestos mímicos bajo la luz del quinqué. Las sombras saltaban y danzaban en las paredes de piedras de aquel antiguo ático, que, por supuesto, nunca antes había sido usado como pista de baile.

Un rato después, bajaban por la salida que daba al correo. Allí retiraron los pedazos de ladrillos que contenían los tres barriles que previamente, Arturo, había depositado el día antes y en ellos colocaron el botín. Después subieron los ladrillos y el cofre al ático. En la mañana del lunes los paquetes serían trasportados por el propio correo hacia el poblado de Guanabo, donde los tres amigos estarían esperándolos en la casa de una tía de Elena.

Al terminar el trabajo abandonaron el lugar por la ventana trasera que daba al patio. Ya pasada la medianoche, tomaron rumbo hacia el este de la isla.

ΦΦΦ

—¡Menuda sorpresa me he llevado con ustedes! Nunca imaginé que andaban por el ático de la jefatura.

—Desde la noche posterior a tu detención entramos y comenzamos a cavar, de acuerdo a las mismas indicaciones que usamos la vez anterior —respondió Arturo que iba al volante del auto.

—Ahora comprendo la causa de algunos imperceptibles ruidos que llevaba escuchando desde ayer en la noche. Pensé que eran algunos de los roedores que se esconden en esos lugares.

—Enseguida dimos con el cofre —dijo Elena mirando a Rómulo con amabilidad.

—Entonces me perdí la mejor parte de esta aventura.

—Así es —afirmó ella sonriendo.

—Cambiando el tema, debemos informarte que tu padre viene en camino para La Habana —señaló Arturo.

—¿Cómo es eso? ¿Por qué razón?

—Alguien desconocido le envió un telegrama diciéndole que estabas detenido.

—¿Quién pudo haber hecho eso?

—Lo más misterioso es que lo enviaron un día antes de tu arresto, pues lo recibió precisamente a la hora que paseábamos por la ciudad —reafirmó Elena.

—O sea, que al parecer todo estaba planificado con otro objetivo.

—¿Te ofrecieron alguna explicación acerca de tu estancia en aquel lugar?

—Ninguna. Nadie se preocupó de hablar conmigo.

—Si hubiesen estado interesados en alguna información que tú conocieses te habrían interrogado.

—Claro. Entonces el objetivo era hacer venir a mi padre a la ciudad.

—Eso parece. Alguien necesita alguna información de tu padre.

Los tres quedaron pensativos.

—¡Ya caigo! ¡Detén el auto, primo! —a la orden el auto se detuvo—. Tengo que regresar a la capital. Debo ver a una persona antes de que mi padre arribe al puerto.

—No puedes regresar. Eres un prófugo, y de seguro te estarán buscando.

—No tengo otra alternativa.

—¿A quién tienes que ver?

Rómulo se quedó pensativo. No sabía si Silverio estaría de acuerdo en poner a sus amigos al tanto de lo que se tramaba. Pero debía darles una explicación.

—Les contaré algo de suma importancia, solo les pediré que lo mantengan en secreto.

El auto se mantuvo estacionado un rato, después giró y puso rumbo hacia la capital.

Dos horas más tarde, cuando aún era de madrugada y desde un lugar seguro, Rómulo logró comunicarse telefónicamente con el inspector Silverio. Después regresó al auto.

—Vamos, debemos ocuparnos de algo —dijo a sus amigos.

ΦΦΦ

El barco arribó al puerto de La Habana muy temprano en la mañana. Los dos viejos amigos sintieron una profunda emoción al ver nuevamente la ciudad, después de tantos años.

Fernando se adelantó rápidamente para hacer el chequeo en la Aduana, mientras que Lisardo se quedaba algo retrasado, buscando algo en el camarote.

Unos minutos más tarde, cuando Lisardo desembarcó y trató de encontrar a su compadre, no lo vio en todo el muelle. Allí esperó casi media hora.

—¿Dónde estará Fernando? —se preguntaba.

Todos los pasajeros ya habían abandonado el muelle, solo él quedaba por allí.

Encaminó sus pasos hacia la Avenida del Puerto cuando escuchó una voz conocida que le gritaba:

—¡Don Lisardo, don Lisardo, espere!...

Se volteó y reconoció a su ahijado, que corría hacia él.

—¡Hola, Rómulo, por fin encuentro a alguien conocido!

Ambos se abrazaron, pero rápidamente Rómulo preguntó:

—¿Dónde está mi padre?

—No sé a dónde fue. Veníamos juntos, pero al momento de desembarcar yo tuve que regresar pues olvidé algo. Cuando salí de la Aduana ya tu padre no estaba.

—¡Joder! —exclamó Rómulo enfadado a la vez que daba una patada en el piso—. Esto es cosa de don Ramón.

—¿Don Ramón, quién es ese?

—Luego le cuento a usted con detalle. Ahora debemos irnos rápido de aquí —respondió mirando hacia ambos lados.

—Pero... ¿tú no estabas detenido?

—Esa es otra historia. Mejor deme acá su maletín y apresurémonos hasta la próxima esquina, que allí nos esperan unos amigos.

Después de los correspondientes saludos y abrazos, se alejaron en el auto.

—Debo informarle al señor Silverio el rumbo que han tomado las cosas. Estoy preocupado por la suerte que pueda correr mi padre.

—Entonces..., ¿todo fue una trampa para hacer venir a tu padre a La Habana? —preguntó Lisardo.

—Así es, padrino. Todo parece indicar que mi padre conoce alguna información que don Ramón necesita.

—Mejor será que nos refugiemos en algún lugar seguro —propuso Arturo desde el volante.

—¿Alguien tiene alguna idea?

—Vayamos a la casa de mis padres en Cojímar, allí tenemos teléfono y así podrás hablar con el inspector Silverio. Y de paso nos aseamos y descansamos un poco, que falta que nos hace —propuso Arturo.

—Me parece bien.

Durante el trayecto pusieron a Lisardo al día de los acontecimientos.

ΦΦΦ

Al mediodía, ya algo repuestos, decidieron analizar nuevamente la situación.

—Bien, señores, veamos qué podemos hacer —propuso Rómulo.

—En realidad estamos completamente desorientados —señaló Arturo—. Sabemos a ciencia cierta que don Ramón necesita a tu padre para algo, y suponemos que está vinculado con las remesas de oro ocultas.

—Yo me pregunto —cuestionó Elena—, ¿por qué razón han demorado tanto tiempo en apoderarse de ellas?

—Puede ser que no conozcan exactamente el lugar donde están.

—¿Pero ustedes creen que don Fernando lo sepa?

—No creo que Fernando tenga esa información —aseguró Lisardo—. Lo que sí es posible... es que el oro esté oculto en alguno de los edificios en que trabajó mi compadre, y por eso lo necesitan.

—¡Esa es una buena deducción! —afirmó Rómulo—. Sigamos por esa variante.

—Si ese es el caso, y suponiendo que ellos sepan cuál es el edificio, ¿para qué necesitan a Fernando?

—No tiene lógica. Ellos lo necesitarían si él supiera el lugar, pero ya eso está descartado.

—Se me ocurre —dijo Elena— que ellos no han podido sacar el tesoro en todos estos años porque está en un lugar al que no pueden acceder libremente —y mirando a Lisardo le preguntó—: Tío Lisardo, ¿cuál pudiera ser ese lugar, entre todos los que trabajó don Fernando durante aquellos años?

Lisardo quedó pensativo durante unos minutos hasta que respondió:

—Sin dudas que pudiera ser el Palacio de los Capitanes Generales.

—¡Claro! —reafirmó Arturo—. Es un edificio donde en todos estos años ha estado ubicada la sede del gobierno de turno. En el periodo colonial los gobernadores, y en la época republicana la presidencia.

—Sigamos por ahí —propuso Rómulo—. Entonces supongamos que el oro está en un lugar al cual ellos no han podido acceder por determinadas razones. Tal vez lo tienen oculto en los sótanos de dicho edificio.

—Entonces, ¿para qué necesitan a Fernando? —cuestionó Elena.

—Porque tal vez necesitan hacer un túnel o un pasaje que acceda desde algún lugar hasta donde ellos tienen el oro.

—Pero eso lo podrían haber hecho con cualquier otro contratista o maestro de obras de aquí de la isla —replicó ella.

—Tienes razón.

—A no ser que... —todos miraron a Lisardo—, el túnel existiera desde la etapa colonial y que ellos sepan que Fernando conoce la ubicación de la entrada desde el otro extremo.

—¡Ostras, eso sí parece algo acertado! —afirmó Rómulo.

—Entonces, resumiendo con esta hipótesis, llegaríamos a la conclusión de que existe un túnel que va desde algún lugar hasta el edificio mencionado y que Fernando conoce la entrada original —concluyó Arturo.

Rómulo se puso de pie y caminó hasta la ventana, después se volvió y comentó:

—Solo es una hipótesis, ¿cómo podemos estar seguros de lo que estamos hablando?

Todos quedaron pensativos hasta que una voz se escuchó:

—Porque yo también conozco la entrada...

ΦΦΦ

Poco después Lisardo y Elena conversaban, mientras caminaban por la arena:

—En toda esta otra historia ocurrida con las remesas hay algo que se relaciona con nosotros.

—¿Por qué dice eso, tío? —preguntó Elena.

—Porque si las cosas son como pensamos, don Ramón utilizó la misma forma que nosotros para desfalcar a la corona.

—Es mucha coincidencia. Además, ¿cómo él pudo enterarse de la existencia del pasadizo?

—Ahí es donde está la clave de todo, Elena.

—Solo conocían del túnel don Fernando, usted y don Ramiro...

Lisardo miró a Elena y le hizo un gesto pasándose su mano por los labios. Elena arqueó las cejas con una expresión de sorpresa y repitió en voz baja:

—Ramiro...

—Fernando y yo fuimos desterrados de la isla.

—¿Y don Ramiro?

—Él alega que también fue trasladado de Cuba unos días después, pero en realidad todavía no sabemos si su historia es completamente cierta.

—Aquí hay gato encerrado, tío.

—Otra cosa, el día que zarpamos hacia aquí, Fernando fue hasta la cabaña de Ramiro en San Juan y no estaba, tampoco la mujer que le servía.

—Tío, esto se enreda más a cada momento; recuerde que Arturo es el hijo de Ramiro.

—Es cierto, pero no dejo de pensar en eso.

Ambos siguieron caminando pensativos cuando Elena soltó un grito:

—¡El baile!

—¿Qué dices, muchacha?

—¡El baile en los Jardines de la Tropical! Debo buscar rápido a Rómulo.

—No entiendo de qué hablas.

—Vamos, tío, en ese baile seguro encontraremos algunas respuestas.

Elena salió corriendo hacia la casa.

Rómulo saltó de la silla.

—¡Elena, cómo nos vamos a ir para ese baile con todos los problemas que tenemos que resolver!

—Precisamente, ¿no te das cuenta que todo ha sido un plan elaborado desde hace días y que la invitación te la envió alguien con algún objetivo?

—Es posible que tengas razón.

—Pero si Rómulo es un prófugo, ¿cómo va a presentarse en ese baile? —preguntó Lisardo.

Elena quedó pensativa mirando a Rómulo hasta que saltó del asiento y acercándose a Arturo le cuchicheó algo al oído. Él sonrió, abandonó la habitación por unos instantes y regresó con una navaja de afeitar, y una camisa blanca y un traje de color beige.

Unos minutos después se escuchaba la voz de Rómulo:

—Elena, por favor, ¡la barba no me la voy a quitar!

—Vamos, hombre, no seas ridículo. Además, esa barba no te queda nada bien.

Lisardo y Arturo reían.

Un rato después Elena, victoriosa, decía:

—Ahora sí me recuerdas a un muchacho que conocí hace muchos años en las playas de San Juan.

—Déjame verme... oh, mi mostacho también, y además me has cambiado el peinado. Me parece que estoy mirando a un extraño en este espejo.

—Precisamente eso es lo que necesitamos. Ya podemos irnos —concluyó Elena.

—¿Quiénes van a la fiesta? —preguntó Lisardo.

—¡Todos, por supuesto! —respondió ella, entonces miró a Rómulo y recalcó— Pero antes, debemos pasar por la casa de mi madre pues quiero asearme y vestirme para la ocasión, además debo llevar a mi hermano como acordamos días atras.

—Por supuesto que sí —afirmó Rómulo con un gesto.

El timbre del teléfono sonó y todos quedaron a la expectativa. Arturo respondió desde la otra habitación, al regresar explicó:

—Era mi madre, que desde ayer no hablaba conmigo y estaba algo preocupada.

ΦΦΦ

Al mismo tiempo, en una mansión en las afueras de la ciudad, dos hombres entablaban una conversación:

—Solamente les diré dónde está el lugar de acceso al túnel que va hacia el Palacio cuando pueda ver a mi hijo sano y libre —replicó Fernando, al cual le habían colocado una venda en los ojos para que no pudiera reconocer el lugar donde estaba ni a su interlocutor.

—Bien, señor mío, hagamos el trato. Usted verá a su hijo. Pero no solamente nos dirá el lugar, sino que deberá

136

acompañarnos hasta el sitio y cuando hayamos comprobado que ese es el túnel lo pondremos en libertad.

—Está bien. Así lo haremos.

Don Ramón del Monte era hombre de carácter fuerte y autoritario, bastante fornido para su edad que pasaba de los setenta. Vestía un sobrio traje oscuro con chaleco. Don Ramón se puso de pie, caminó hasta la puerta, la abrió y ordenó:

—Llévenlo y esperen afuera. Debo hacer una llamada telefónica.

Dos corpulentos hombres, vestidos con trajes oscuros, condujeron a Fernando hasta otra habitación.

ΦΦΦ

El timbre sonó varias veces hasta que se escuchó una voz que respondía la llamada.

—Necesito precisar cuándo y en qué lugar podemos ver a Rómulo —dijo don Ramón. A continuación interrumpió la llamada, y quedó a la espera de una respuesta.

Un rato después, dio unas órdenes y los hombres llevaron a Fernando hacia el patio de la residencia. Allí subieron a un automóvil.

Él, a su vez, subió a otro vehículo con su chofer y salió hacia el mismo rumbo.

La traición...

(1867)

Una nube de oscuras ideas pasaban por la mente del capitán Ramiro mientras terminaba aquella jarra de vino en aquel apartado rincón de la taberna. Sonreía maliciosamente mientras que los malos pensamientos tomaban forma de plan.

«Sería mucho mejor no tener que dividir el oro entre tres personas... Claro que sí... Si todo se desenvuelve como estoy planeando, mi primo y su ayudante nunca sospecharán de mí. De seguro serán enjuiciados por conspirar contra la Corona, pero tarde o temprano serán liberados al no tener pruebas fehacientes contra ellos. Para ese momento, yo estaré lejos con el botín completo».

No tardó mucho en poner en práctica su ambicioso propósito, y al siguiente día la guardia de la capitanía general se les echaba encima.

Esa noche, el capitán Ramiro extrajo de un estuche la copia del plano que Fernando le había entregado.

—Bien... ahora veamos dónde es que está escondido mi tesoro —comentó sonriendo a la vez que se frotaba las manos.

Allí estaban los señalamientos de su primo y algunas cosas escritas a las que no hizo el menor caso. Aunque no era un experto en construcción, sí poseía suficientes conocimientos para la interpretación de planos debido a su rango militar.

—Todo está muy claro. Solo me resta ir a buscarlo.

Recogió el documento y lo guardó en un bolso junto a unas herramientas que portaría para la excavación.

Horas más tarde el capitán llegaba al convento en construcción. Después de asegurarse de que nadie lo seguía, subió hasta el entresuelo y localizó el lugar donde debía excavar.

Con cuidado fue removiendo una capa de ladrillos y después comenzó el trabajo. No le llevó mucho tiempo tropezar con algo que sonaba diferente.

—¡Aquí está mi oro! —exclamó.

Un rato después arrastró el cofre hasta un área apartada y lo recubrió con un saco.

Dos hombres llegaron más tarde y ayudaron al capitán a transportar el paquete hasta su casa. Ramiro les pagó por el servicio y quedó solo en la sala de estar.

Sin ningún apuro sacó una botella de vino, la descorchó y se sirvió una copa para celebrar su victoria. Tomó asiento en un butacón y contempló su botín.

«Debería sentir aunque sea un ápice de vergüenza al tomar todo sin repartir con los demás», pensó.

Bebió un trago, sonrió y dijo en voz alta:

—Pero todo lo hago por una buena causa... hacerme rico —y soltó una carcajada.

Tomó la botella y se la empinó. Fue por una herramienta y rompió la cerradura del cofre.

—¡Traición! —exclamó enfurecido el capitán a la vez que arrojaba la botella contra la pared de la habitación.

Allí estaba el cofre de la remesa española repleto de ladrillos y arena.

No muy lejos de allí, en los sótanos del Castillo de la Fuerza, dos hombres se preguntaban el porqué de su estancia obligatoria en aquel despreciable lugar.

Dos días después el capitán general de la isla ordenaba la detención del capitán de la guardia Ramiro Ruiz. Una sospecha de presunto hurto a las arcas de la capitanía era la causa.

Solo unos días estuvo en pie la acusación. Un oficial, gran amigo suyo, se encargó de interceder por él y pronto fue restituido a su cargo. Sin embargo, seis meses después el capitán general de la isla era destituido por incorrecta administración de las recaudaciones y envíos de remesas a España.

El amigo del capitán Ramiro ascendió en rango militar, era un hombre sumamente astuto, hábil para las patrañas y con muchas influencias en la metrópoli. Su nombre formó parte de la alta jerarquía de aquella época... el coronel don Ramón del Monte.

Aquella amistad llegaría un poco más lejos. Ambos hombres hicieron algunos negocios juntos. Pero el capitán Ramiro, fue más osado al proponerle a don Ramón, desfalcar los envíos de remesas de la misma forma que lo hizo con su primo Fernando. Por supuesto, no mencionó nada acerca de la anterior aventura.

—Sabes, Ramiro, me parece muy buena idea esto que me estás planteando, pero no quiero darte una respuesta hasta que analicemos todo en detalle —respondió don Ramón.

—Por supuesto que te explicaré cómo hacerlo y verás que sacaremos gran partido. Además, sabes que la situación efervescente del país y la guerra inminente nos favorece a la hora de desviar sospechas —insistió Ramiro, consciente de que tenía que andar con pasos firmes para hacer negocios con el astuto don Ramón.

Las cosas habían cambiado con la restitución del mando. España había asignado un nuevo capitán general a la isla. Ahora Ramiro ya no poseía la suficiente libertad de movimientos dentro del palacio, pero el coronel sí. Don Ramón era el jefe de la guardia oficial y contaba con la confianza absoluta del capitán general.

Ramiro tenía que negociar con alguien, y así comenzó el segundo y mayor desvío de los supuestos bienes del rey.

Unos meses después preparaban el primer golpe a las remesas.

—Dejaremos el oro escondido en el túnel anexo a la galería principal, el que no tiene salida pues al parecer fue cerrado durante la construcción —le dijo Ramiro a su colega.

—Muy bien. Te propongo dos o tres golpes y después lo sacamos y repartimos el botín a partes iguales.

Ramiro titubeó, pero aceptó.

—Estoy de acuerdo. Solo pondremos una condición. Ambos escribiremos dos cartas dirigidas al capitán general donde explicaremos lo que hemos hecho.

—No entiendo en qué consiste esa condición —replicó don Ramón.

—Cada uno de nosotros dos entregará en custodia esa carta a una persona de su entera confianza. En caso de ocurrirnos algo sospechoso, dicha persona enviará la carta.

Don Ramón quedó pensativo. Miró fijamente a Ramiro y contestó:

—De acuerdo. Al parecer nuestra amistad no es suficiente garantía para ti.

—Ambos debemos protegernos. Mucho dinero estará en juego.

—Así lo haremos —resumió el coronel mientras se arreglaba la punta de su mostacho.

Y así fue como lo hicieron, para bien de ambos, porque nunca existió ninguna causa justa detrás de aquel nuevo plan.

Ese primer desfalco fue todo un éxito pues la metrópolis no pudo probar de dónde provenía el faltante. Una banda de asaltantes se encargó de hacer su parte en el propio Puerto de Sevilla. Por supuesto, todo había sido planeado por don Ramón.

En la segunda ocasión, que se realizó unos meses después, el hecho ocurrió en el propio Puerto de La Habana. La versión oficial de la capitanía fue que una banda de malhechores desafectos a la Corona española había tramado dicho robo. Que además estaban involucrados los independentistas de la isla y era un problema más bien político que social. Arrestaron a varios idealistas liberales; pero, por supuesto, el oro no apareció. Este segundo atraco también quedó justificado ante la metrópolis, pero ya era demasiado y le costó el cargo al capitán general.

—Todo ha salido a la perfección —comentaba una noche Ramiro a don Ramón.

—Sí. Solo que debemos esperar unos meses hasta poder preparar el tercer golpe como acordamos.

—Si deseas lo dejamos así y repartimos el botín.

—Vamos a esperar unos días hasta que las cosas se tranquilicen y después tomamos una decisión.

Pero ese fue el gran error de ambos. Junto con la toma de posesión del nuevo capitán general, resonó el grito de guerra independentista en la colonia.

El inicio de la guerra produjo la movilización inmediata de los dos amigos oficiales, que tuvieron que marchar a la zona oriental de la isla. El botín había quedado escondido en el túnel, y ellos no podían hacer nada al respecto, solo esperar y desconfiar uno del otro.

Casi un año después, para cuando fueron desmovilizados, ya las cosas habían cambiado mucho en la residencia del gobernador de la isla.

El primero en regresar a la capital fue don Ramón. Ya su cargo en el Palacio, había sido tomado por otro oficial cercano al nuevo capitán general. Don Ramón fue reubicado como jefe de la fortaleza de La Cabaña.

Dos meses después regresaba Ramiro, dispuesto a denunciar a su socio si este lo había traicionado. Pero no fue así.

Durante una visita a la casa del capitán general, don Ramón dio por sentado que el oro estaba bien protegido.

Días después, cuando Ramiro regresó, ambos se encontraron.

—Y bien, ¿qué noticias me tienes de nuestro negocio?

—Puedes estar tranquilo, amigo Ramiro. El oro está donde lo dejamos. Ahora, más seguro que nunca.

—¿Por qué me dices eso?

—Pues te cuento que nuestro nuevo capitán general, por solicitud de su esposa, ordenó una remodelación del edificio. Los trabajos incluyeron la ampliación de su alcoba. Durante los mismos descubrieron el pasadizo.

—¡No te creo!

—Sin darle mayor importancia, el capitán general decidió clausurarlo.

—¿Entonces?

—Nadie descubrió el oro que allí se esconde. Demolieron la escalera y cerraron con sillares la entrada desde el palacio.

—¡Ostras! Menuda tarea nos va a llevar para sacarlo de allí.

—Así es.

—¿Has pensado en alguna solución?

—Solo nos queda la opción de entrar por el otro extremo.

—Pues hagámoslo.

—Solo que estoy esperando que me digas eso precisamente, ¿dónde está la entrada?

—¿Cómo voy a saberlo yo?

—Eso me temía —balbuceó don Ramón, quien sospechaba que aunque Ramiro conociera cuál era la localización de la otra entrada, nunca se lo diría.

Los dos hombres quedaron pensativos. Cada uno con sus dudas y recelos.

Ambos socios sabían que el túnel se comunicaba con algún lugar cercano, pero al estar el palacio circundado por calles en sus laterales y fondo, el pasadizo debía conectarse con cualquiera de las casas que lo rodeaban. Era seguro que existía una entrada secreta, pero... ¿Dónde estaba? ¿Cuál era la casa?

Ramiro no recordaba con claridad nada acerca de dicho lugar. En su momento él había dejado esa parte del trabajo en manos de su primo Fernando, por tanto no tenía ni la más remota idea de la ubicación de la entrada.

Sabían dónde estaba el oro pero no podían sacarlo. Tendrían que esperar una nueva oportunidad. Necesitaban recuperar las posiciones en el Palacio para entrar por allí.

Horas más tarde, mientras Ramiro caminaba hacia su casa pensaba: «Este oro se me resbala de las manos cada vez que voy a cogerlo».

Los Jardines de la Tropical

Dos horas más tarde, los mosqueteros, acompañados por Rolo hacían su entrada en los Jardines de la Tropical. Este espléndido lugar había sido concebido por los dueños de la cervecería ubicada en aquellos terrenos. Era un lugar donde la artesanía del hombre se integraba con la naturaleza; una joya de un estilo que se había puesto de moda, el Art Nouveau. Contaba con varios salones de baile, merenderos y kioscos. Como complemento estaba el río Almendares. El lugar había sido ideado para el disfrute y regocijo de los residentes de la ciudad.

Elena caminaba del brazo de Rómulo como si fueran una pareja de novios. Había escogido un vestido blanco ajustado a su cintura, con un corto chaleco rosado de mangas largas. En su rostro se reflejaba el placer que sentía por estar en aquel lugar. La orquesta de Antonio María Romeu tocaba un danzón. Los bailadores se movían en la pista a los compases de aquella famosa melodía de moda: *Ojos triunfadores*

—¿Qué te parece este lugar?

—¡Fantástico!

—¿Bailamos?

—Yo no soy muy bueno, pero lo intentaré.

Elena tomó del brazo a Rómulo y lo arrastró hacia la pista. Con su mano derecha sostuvo en alto la mano izquierda de él, mientras con su otra mano ponía la diestra de su compañero en su cintura. Rómulo sintió un inmenso placer al sentir sobre el vestido aquella estrecha cintura.

Arturo y Lisardo se acomodaron en una mesa mientras que Rolo, se unía a un grupo de muchachos de su edad que jugaban con canicas.

Tras aquella pieza vino un son montuno interpretado por un sexteto recién fundado que compartía escenario con la Romeu, el Sexteto Habanero.

—Demos un paseo para que conozcas el lugar —propuso ella en el descanso.

Caminaron durante un rato. Los salones de baile estaban algo distanciados unos de otros, pero a la vez unidos por un sinnúmero de senderos y escalinatas que se interrelacionaban con la vegetación. En las orillas del río una serie de kioscos y pérgolas con mesas brindaban la posibilidad de disfrutar de una comida campestre en un ambiente familiar.

—Este lugar posee el mismo estilo paisajístico del parque Güell construido en Barcelona por el arquitecto Gaudí.

—¿De veras?

—Me imagino que debe haber sido dirigido por algún maestro de obra discípulo de Gaudí. Aunque es curioso, ¿cuando me dijiste que lo terminaron?

—Creo que fue hace cerca de quince años.

—¡Fenomenal! Entonces fue construido antes del parque que te hablé pues aquel lo terminaron en 1914.

—Ya ves, nosotros estamos al día.

—Ya veo.

Caminaron otros quince minutos hasta que Elena dijo:

—Rómulo, espérame aquí en estos bancos, que voy al salón de señoras a retocarme.

—¿Para qué? Si estás bien así.

—Ahora regreso.

Él se quedó distraído observando el ir y venir de los visitantes cuando una voz femenina lo sorprendió:

—Buenas tardes, señor Rómulo, ¿es usted o me equivoco de persona?

—Oh... Buenas tardes, doña Lucía, qué gusto verla.

—¿Cómo le ha ido por acá? Lo veo algo cambiado, se ha quitado su barba.

—Sí, es que hace mucho calor en estos días.

—Ya veo... ¿disfrutando de nuestros jardines?

—Sí, cómo no, es un lugar muy placentero.

Ella pasó la vista a su alrededor, momento en el que Rómulo aprovechó para observarla. Vestía saya blanca ajustada a su esbelto cuerpo y chaqueta deportiva de color azul oscuro, con unos modernos botines de charol que resaltaban sus bellas piernas; un sombrerito blanco y azul adornaba su pelo trigueño.

«¡Es una mujer muy atractiva!», pensó.

—¿Cómo van sus cosas? ¿No ha tenido nuevos percances durante su estancia?

—Si usted supiera, doña Lucía, que no he tenido un solo día aburrido en esta ciudad.

—¡No me diga! ¡Es usted un hombre afortunado!

—No puedo quejarme.

—¿Me invita usted a bailar?

Rómulo titubeó antes de responder:

—Sería un placer, pero...

—¿Me he perdido algo importante por aquí? —preguntó Elena, que ya estaba de regreso.

Ambas mujeres se miraron. Rómulo se apuró en decir:

—Yo las presento. Elena... y Lucía.

Elena, un tanto recelosa, extendió su mano mientras Lucía, sonriendo levemente, apretaba su diestra y respondía:

—Mucho gusto. Me encanta su vestido.

—Gracias, el gusto es mío.

Después Lucía miró a Rómulo y le dijo:

—Así que no ha tenido tiempo de aburrirse, ya veo.

—Casi ninguno —respondió él—. ¿Desearían beber algo?

—Tal vez una gaseosa —contestó Lucía.

—Yo prefiero un Ironbeer —pidió Elena.

—Espérenme aquí, enseguida regreso.

Las dos mujeres se miraron nuevamente.

—¿Desde cuándo conoce usted a Rómulo, si no es mucha la indiscreción y se puede saber? —preguntó Lucía, que como sabemos era una mujer muy perspicaz y deseaba entablar conversación con Elena.

—Es posible que mucho antes que usted. Desde que éramos niños.

—¡Oh, hace tiempo!

—¿Y usted?

—Desde hace muy pocos días. Por casualidad estuvo en mi casa, y allí conversamos un largo rato.

—Ah, no sabía que él tenía una amiga tan atractiva —comentó Elena con desagrado.

—Pues así es, y gracias por sus elogios.

—De nada.

—¿Le puedo hacer una pregunta algo indiscreta?

—Sí, cómo no.

—¿Ustedes son novios?

—No, para nada. Solo somos amigos y punto.

—Por el tono de reproche me da qué pensar.

—No sé a qué se refiere.

—Me da la impresión de que algo más que una amistad está detrás de esas miradas.

—Usted es una persona muy observadora. No sé cuál es su vínculo con Rómulo; pero, ¿sabe una cosa?, al principio sentí una especie de celos al verlos juntos, sin embargo ahora estoy más tranquila.

—Es usted muy inteligente, y me agrada que tan rápido se haya percatado de que no es un romance lo que nos ha acercado.

—Entonces, ¿existe una causa aún indescifrable?

—Aquí están las bebidas —interrumpió Rómulo la charla.

Las damas dieron las gracias, bebieron sus refrescos y un rato después Lucía se despidió:

—Ha sido un placer estar con ustedes, pero debo encontrar a unos amigos que me esperan.

—Un placer para nosotros también —respondió Rómulo.

—Gusto en conocerla, Lucía.

—Espero verlos de nuevo —y acercándose al oído de Elena le cuchicheó—: pero ya cogidos de la mano.

Elena soltó una risotada y respondió:

—Vamos a ver si sus palabras hacen nido, doña.

Lucía se alejó sonriendo.

—No entiendo cuál fue el cuchicheo entre ustedes dos —indagó él, curiosamente.

—No seas chismoso, es cosa de mujeres.

De regreso al salón de baile, mientras esperaban que la orquesta reiniciara su actuación, Rómulo percibió la sensación de que desde lejos alguien lo estaba observando con mucha insistencia. Se volteó, buscando sin saber.

—¡Elena, Elena, mira hacia allá, arriba!

—¿Qué pasa?

—¡Aquel hombre que está en aquella terraza, es mi padre!

Rómulo levantó el brazo haciendo señas, pero Elena lo detuvo.

—No hagas eso. ¿No ves que lo tienen custodiado aquellos dos hombres?

—Es cierto.

—Además, desde lejos posiblemente no te reconozca, recuerda que estás disfrazado.

—Claro, no me di cuenta.

—Hagamos una cosa. Tratemos cuidadosamente de acercarnos a ellos.

Rómulo caminó hacia el lugar seguido por Elena, pero era difícil moverse dentro de la multitud de visitantes que había a aquellas horas de la tarde. Por fin subieron por la escalinata que comunicaba con el otro nivel de la terraza. Al llegar arriba se ocultaron detrás de unos arbustos, de tal forma que podían ver a los tres hombres sin ser vistos. Tocó la casualidad que Rolo andaba por allí con sus amigos y al ver a ambos en aquellas peripecias por supuesto que le llamó la atención, se quitó su gorra y comenzó lentamente a acercarse.

—Ni se te ocurra hacer algo para rescatar a tu padre aquí en este lugar —susurro Elena.

—¿Por qué?

—Recuerda que ellos son policías, y seguro que están armados.

—¿Qué te parece si avisamos a Arturo y Lisardo para que tengan el auto listo? Así cuando se marchen los seguiremos para saber a dónde llevan a mi padre.

—Pudiera ser... Pero mira, un hombre se aproximó y está conversando con ellos.

—Parece que se marchan. No podemos perderlos de vista.

—Vayamos por aquí hacia la salida —propuso Elena.

Echaron a correr por un largo sendero de lajas de piedra encubierto, a ambos lados, por una espesa cortina de buganvillias de intensos colores que iban desde el fucsia hasta el violeta. Rolo también se sumó a la carrera, aunque no sabía el motivo.

Al llegar a la salida, pudieron ver cómo los hombres subían a un automóvil que al momento se ponía en marcha. Ambos se quedaron a la expectativa.

—Eh, amigos —se escuchó una voz—, ¿necesitan un aventón?

Se sorprendieron al ver que desde un auto deportivo una mujer que usaba gafas les hacía señas.

—¡Vaya, esa es Lucía!

—Ella misma es, ¿qué hacemos? —preguntó con impaciencia Rómulo.

—Vamos.

Corrieron hasta el auto.

—¿Les puedo ayudar en algo?

—En realidad necesitamos seguir ese auto que va por allá, si no le es mucha molestia —señaló Rómulo.

—Suban, que ya partimos.

—¡Mi hermanaaa! —gritó Rolo que llegaba en ese instante al grupo— ¿qué es lo que ocurre?

Todos miraron al muchacho. Entonces Lucía sonrió:

—Tenemos otro pasajero, pues suban que el tiempo apremia.

—Arriba Rolo —ordenó Rómulo abriendo la puertecilla—, rápido.

—Muchas gracias, doña Lucía —dijo Elena.

Aquel Ford de 1920 resonó estrepitosamente, y salió lo más veloz que le fue posible. Rómulo se sostuvo su sombrero.

—Ya veo el porqué usted decía, cuando conversábamos hace un rato, que no se había aburrido ni un solo día desde que llegó a La Habana.

—Bueno... más o menos por ahí andan mis cosas, algo enredadas.

—No se ve por aquí con mucha frecuencia a mujeres manejando —comentó Elena.

—No es nada difícil —respondió ella —. No has visto a la Macorina, ella tiene varios autos.

—Si como no. Algún día me gustaría conducir uno de estos.

—Si deseas ahora mismo cambiamos de chofer.

—Hagámoslo.

—¡No, no, por favor! —exclamó Rómulo.

Rolo soltó una carcajada y las dos mujeres comenzaron a reír.

El deportivo comenzó a ganar terreno.

—¡Cáspita! Como corre este auto señorita Lucía —señaló Rolo asombrado.

Ella sonrió y miró de soslayo al muchacho.

—Si no le es mucha molestia, doña Lucía, no se le acerque al auto que seguimos —pidió Rómulo.

—Entonces... esto me parece más bien una persecución secreta, ¿no es así? —indagó ella.

—Es que... en realidad... es posible que así sea.

—¿Son ustedes policías o detectives?

—Ninguna de las dos cosas —respondió Elena.

—¿Entonces no serán malhechores, verdad?

—Ni mucho menos.

—¡Caramba, esto se torna interesante! A mí que me encantan las aventuras. Entonces... ¿se puede saber la razón de esta persecución?

—Es una historia larga de contar, doña —respondió Rómulo.

—Bien. No haré más preguntas. Sus razones tendrán, y yo fui la que se ofreció para ayudarlos.

Rómulo se sintió más tranquilo, pues no sabía qué explicación dar a Lucía.

Los autos fueron alejándose hacia los suburbios de la ciudad. Ya comenzaba a caer la tarde.

—Tengo que mantenerme algo distante para no levantar sospechas —explicó ella.

Un rato después, cuando ya casi oscurecía, estaban en un área menos poblada.

—El auto se está deteniendo, doblemos nosotros en esta cuadra —propuso Rómulo—. Yo me bajaré para mirar desde la esquina lo que están haciendo.

Corrió hasta el lugar, después regresó y comentó:

—Entraron a una mansión protegida por una verja de hierro. Yo me quedaré, será mejor que ustedes se marchen.

—¿Cómo que te quedarás solo? —protestó Elena abriendo la puerta del auto—. Nosotros también nos quedamos, vamos Rolo.

—Doña Lucía, le agradecemos mucho su ayuda, espero que no haya sido mucha molestia para usted —dijo él.

—¿Y ustedes esperan que me marche así tan tranquila dejándolos aquí abandonados?

—Pero, señora, ya es suficiente con lo que ha hecho por nosotros.

—De ninguna manera.

—Esto puede ser un tanto peligroso.

—¿Qué tanto?

Elena miró a Rómulo y le hizo una seña afirmativa. Rómulo se quedó pensativo hasta que respondió con otro gesto. Elena tomó la palabra:

—Esos hombres tienen secuestrado a su padre.

—¡Oh!... ¡Esto es algo diferente a lo que yo me imaginaba! Pensaba que solo eran asuntos de menor importancia.

Ella detuvo el motor del auto.

—¿Por qué no recurren a la policía?

Elena miró a Rómulo y después respondió:

—Porque ellos son de la policía.

ΦΦΦ

En una lujosa habitación casi en penumbras de la suntuosa casa, dos hombres hablaban mientras un tercero escuchaba la conversación.

—Entonces, ya nosotros cumplimos con nuestra parte. Usted vio a su hijo y comprobó que está en perfectas condiciones.

—Es cierto —contestó Fernando sin poder ver a la persona con quien hablaba, pues estaba amarrado a una silla y con los ojos cubiertos.

—Ahora solo resta que nos indique dónde está la entrada del túnel, y habremos terminado con este asunto.

—La casa donde se encuentra la entrada es la tercera de la calle Obispo, contando a partir de la esquina de la Calle de los Oficios.

—Aquí tenemos un mapa, ubiquémosla —ordenó don Ramón abriéndolo sobre una mesa.

La otra persona que los acompañaba se adelantó y señaló en el mapa la casa citada, sin pronunciar palabra.

—¿Y dónde está la entrada? —indagó don Ramón.

—Si mal no recuerdo era en la habitación del fondo a la derecha, debajo de la escalera de servicio. Es una pared enchapada con tablones. En aquellos tiempos la habitación era usada como almacén.

—Debemos averiguar quién es el propietario —comentó don Ramón— para determinar de qué forma vamos a entrar.

El hombre hizo un gesto y don Ramón solicitó a los custodios que esperaban afuera que sacaran a Fernando de la habitación.

Entonces la otra persona habló:

—Hemos tenido suerte, yo conozco esta propiedad. La casa es de don Rafael Villa... y la tiene rentada a un negociante que la utiliza como tienda de muebles.

—Tenemos dos opciones. Pudiéramos actuar como policías, intervenir el lugar y realizar una búsqueda en base a una denuncia u otra razón.

—Pero para esto tendríamos que tener una orden del juez, y preparar con tiempo una farsa.

—La segunda opción es actuar como ladrones y entrar por la fuerza al lugar en horas de la noche.

—Esto sería más rápido y aunque tendrá riesgos podremos manejarlos.

—Creo que es la mejor opción.

—Vamos a echarle un vistazo a esa casa y prepararemos un plan.

ΦΦΦ

Mientras tanto, en las afueras de la residencia, otro era el tema.

—¿Qué vamos a hacer?

—Esperemos un rato. Yo vigilaré desde unos arbustos que están en la acera del frente —dijo Rómulo y sigilosamente se alejó hasta allí y se ocultó en la maleza.

Unos minutos más tarde, Rómulo regresó corriendo.

—Acaba de salir un auto con tres hombres, pero al parecer han dejado a mi padre en la casa. Este es el momento para rescatarlo, voy a intentarlo.

—Yo voy contigo —anunció Elena.

—Yo también —alegó Rolo.

Ella miró a su hermano, se le acercó y sosteniéndolo por los hombros le musitó:

—Por supuesto que no iras, tú te quedarás en el auto, y no te muevas de aquí, entendido.

—Está bien —masculló el niño un tanto disgustado.

—Yo iré con ustedes —dijo Lucía.

—Pues bien, hagámoslo.

Cuando se preparaban para dirigirse a la casa algo los detuvo.

—¡Un momento, miren, un grupo de hombres se acerca a la puerta principal.

— Caramba—exclamó Lucía, y la están forzando!

—Está muy oscuro, Rómulo, esperemos para ver qué ocurre —propuso Elena.

Después de golpear la cerradura de la verja y lograr abrirla los tres sujetos entraron en la residencia.

Fernando, que seguía encerrado en una habitación, escuchó ruidos de peleas dentro de la casa, pero no podía hacer nada. Uno minutos después, dos de los asaltantes irrumpieron en la habitación.

—Fernando, por fin te encontramos —dijo el barbudo.

—¡Ramiro y Lisardo, ¿cómo han llegado hasta aquí?

—Es una historia larga de contar, primo, pero ahora debemos huir rápido de este lugar.

—¿Cómo estás, Fernando?

—Bien, Lisardo.

Después de liberarlo de las amarras, el grupo salió de la casa, subieron al auto y escaparon a toda marcha.

—Fernando, te presento a mi hijo.

El hombre que conducía saludó.

—Mucho gusto, Arturo para servirle.

—Mucho gusto, sobrino.

—Esta gente que te tenía secuestrado son muy peligrosos y no te iban a dejar ir de ninguna manera, porque ya sabes demasiado —aseguró Ramiro desde el asiento de pasajero delantero, al lado del chofer.

—Solo sé que quieren entrar al Palacio por el antiguo túnel que nosotros conocemos.

—Exacto, pero... ¿sabes cuál es el objetivo?

—Me imagino que esto es cosa de política, pues aunque no los he podido ver en persona, me he dado cuenta, por la forma de hablar, de que no son delincuentes comunes.

—La cuestión no es de política, es por dinero. Y, por cierto, mucho dinero —recalcó Ramiro.

—¿Y como tú sabes todo esto?

—Porque he estado involucrado hasta un punto, pero ya las cosas se están pasando de la raya, y han tomado un camino que yo desapruebo.

—¡Ahora entiendo algo que me tenía en ascuas! Llegaron a mi persona por mediación tuya.

Ramiro asintió con la cabeza. Después les contó a todos cómo se había asociado con don Ramón y hasta dónde habían llegado las cosas.

—Todo el dinero estaba perdido. La única opción que teníamos era entrar desde afuera.

—Pero has puesto en riesgo a varias personas en toda esta aventura.

—Es cierto, no manejé bien las cosas, y por eso estoy tratando de enmendarlas ahora que aún hay tiempo.

—Quiero que sepas que en varias ocasiones pensé que tal vez tú tenías que ver con esto, pero no pude atar tantos cabos.

—Es una historia sumamente enredada. A estas alturas yo también corro peligro. Don Ramón es comisario de la policía y se ha unido a otra persona poderosa del gobierno. Sé que al final de la partida ya les estorbo y no podré luchar contra ellos. Si algo ocurre, yo seré el chivo expiatorio y ellos saldrán limpios.

—Entonces la causa está perdida —apuntó Fernando.

—Puedes estar seguro. Ya tienen el lugar de la entrada y posiblemente esta noche extraigan el tesoro.

Los dos hombres quedaron en silencio durante unos minutos. El auto siguió su rumbo hacia la ciudad. Una voz se dejó escuchar.

—¿Y por qué no lo sacamos nosotros antes que ellos?

Todos miraron con asombro a Lisardo.

—¿Cómo lo haríamos? —preguntó Ramiro.

—Se me ocurre una idea.

ΦΦΦ

Unos minutos después, Rómulo, Elena y Lucía, que se habían quedado a la expectativa, vieron vagamente en la oscuridad como los intrusos salían apresuradamente con un cuarto pasajero y subían a un auto que salía velozmente. La puerta de la verja había quedado completamente abierta.

—Rápido, acerquémonos y entremos ahora —propuso Rómulo.

Los tres amigos se acercaron sigilosamente a la propiedad; la puerta de la casa estaba también abierta. Revisaron las habitaciones hasta encontrar en una de ellas a un hombre aturdido y amarrado sobre el piso.

—Mi padre no está aquí.

—Al parecer lo han raptado por segunda vez —dijo Elena.

—¡Recórcholis!, se lo han llevado delante de nuestras narices.

—Su padre debe conocer algún secreto muy importante —comentó Lucía mientras recogía un plano de la ciudad que estaba sobre la mesa y lo miraba con detenimiento.

Los tres quedaron unos minutos meditando.

—Mejor nos vamos de aquí —concluyó Elena.

—Sí, es una buena idea —reafirmó Lucía al tiempo que envolvía el plano para llevárselo.

Después de regresar al vehículo y ponerlo en marcha, Lucía preguntó:

—¿Quieren que los lleve hacia algún lugar específico?

—No tengo ni la más remota idea de qué hacer en este momento —respondió él.

—¿Puedo sugerirles algo?

—Por supuesto.

Lucía extendió su brazo hacia el asiento trasero y mostró a la pareja el plano de la ciudad. Un círculo había sido dibujado sobre una casa de la Habana Vieja.

—¡Ostras! —exclamó Rómulo—. Es usted muy perspicaz.

—Creo que podemos alistarla en este equipo de inexpertos detectives —propuso Elena sonriendo.

—Pues... si el salario y la recompensa son suculentos, cuenten conmigo.

—En realidad no podemos ofrecerle ninguna de las dos cosas.

—Ellos no tiene ni un centavo doña —río Rolo.

—Rooolo, pórtate bien. —magulló Elena.

—No es necesario, solo bromeaba. Quiero ayudarlos en esto, me parece que todo es por una noble causa.

—Le aseguro que así es —afirmó Rómulo.

El auto salió a toda marcha.

—Deberíamos pasar por los Jardines de la Tropical. Arturo y mi tío de seguro están allí esperándonos, aunque es bastante tarde.

—Tienes razón, Elena, ya ni me acordaba de ellos.

—No se preocupen. En un rato estamos allí, además nos hace camino.

—Gracias, doña Lucía.

Mientras viajaban, Rómulo comentó:

—¿Para qué llevaron a mi padre a los Jardines?

—¿Estás seguro de que era tu padre? —preguntó Lucía.

—Por supuesto que sí.

—Entonces ya está claro cuál era el propósito de la invitación que recibiste para este baile —apuntó Elena.

—¿Cuál era?

—Es posible que tu padre pidiera verte sano y libre a cambio de la información que ellos requieren.

—No creo que así sea, pues la invitación la recibí muchos días atrás, inclusive antes de ser detenido.

—¿Estuviste detenido? —preguntó Lucía.

—Fue sin ninguna causa. Al parecer querían coaccionar a mi padre para hacerlo venir desde San Juan.

Lucía comentó:

—Yo diría que tu padre te reconoció y ellos también, por eso se retiraron tan a prisa. Ese era el objetivo, como dice Elena.

—Es posible, pero lo que sigue siendo una incógnita es quién me envió la invitación para el baile.

—Tal vez fue alguna dama —insinuó Lucía con una maliciosa sonrisa

—Eso mismo dije yo, él es un poco zorrillo —dijo Elena al tiempo que le daba a Rómulo un par de codazos por las costillas.

Rolo comenzó a reír, mientras que el aludido soltaba un gruñido y respondía:

—Bah...tonterías.

La casa de Obispo

El **auto** donde viajaban los cuatro hombres, tomó rumbo a la parte antigua de la ciudad. Ramiro hizo la pregunta a Lisardo y los demás quedaron a la escucha:

—¿Cuál es la idea?

—En realidad ya nosotros recuperamos el cofre que nos pertenecía. Los muchachos han hecho una gran labor y debemos felicitarlos y estar satisfechos.

—Tienes mucha razón en eso —interrumpió Fernando mientras le daba unas palmadas en el hombro a Arturo—. Son fantásticos estos jóvenes, siempre supe que podíamos confiar en ellos.

—¿Decías, Lisardo?

—Si Ramiro, que es el más interesado en el tesoro, lo ha dado por perdido, ¿por qué no lo dedicamos a una noble causa antes que se apropien de él?

—Pudiera ser, pero ¿cómo? —preguntó Ramiro.

—Yo creo que siempre habrá alguien del gobierno en quien confiar. Con esa persona haríamos una alianza que nos permita entrar a buscar el tesoro por el Palacio Presidencial. Si lo sacamos primero, don Ramón no podrá hacer nada a pesar de todo su poder.

—Lo donaremos para obras sociales.

—Eso suena bonito, pero la furia de don Ramón se nos vendrá encima.

—Para eso contaremos con la protección del gobierno.

—¿Y en quién podemos confiar?

—Según nos contó Rómulo, el comisario Silverio está detrás de este caso y conoce todos los pormenores. Él confió a Rómulo la parte de la historia que conoce.

—El problema sería cómo vamos a justificar nuestra participación en esta aventura. Al final sabrán que tenemos cartas en este asunto.

—Eso quedaría en manos del comisario. Tendríamos que llegar a un acuerdo con él y quién sabe, tal vez Ramiro pueda recuperar alguna ganancia de toda esta aventura.

—Eso estaría muy bien —afirmó el aludido.

—¿Entonces?

—De los cobardes no se ha escrito nada —dijo Ramiro.

—Pues debemos movernos rápido, son casi las once —señaló el chofer—. ¿Alguien sabe dónde está la comisaría de Silverio?

—Yo conozco el lugar, toma rumbo hacia el Malecón —propuso Ramiro.

ΦΦΦ

Silverio no estaba en la comisaría. Un oficial trató de contactar telefónicamente al comisario, en su casa, pero no fue posible. Se quedaron esperando por un rato.

—Parece que el plan de Lisardo no funcionará por falta de tiempo —comentó Arturo.

—Sí. Tan pronto se den cuenta de que Fernando escapó, de seguro que forzarán las acciones. Dentro de unas horas no podremos hacer nada.

—Pensemos en otro plan.

—Por cierto —se cuestionó Fernando— ¿por dónde andará Rómulo a estas horas?

—Tal vez descubrieron algo nuevo, pues la última vez que los vimos salieron como dos locos en el auto deportivo de una dama.

—Eso debe haber sido después que me vieron en el salón de baile.

—Tal vez trataron de seguirlos a ustedes y perdieron la pista.

—Ya lo sabremos en su momento, lo importante es que está libre.

—El tiempo pasa, debemos tomar una decisión.

—Dejemos una nota para el comisario y vamos para allá, algo se nos ocurrirá por el camino.

—Buena idea, yo escribiré la nota para que nos encuentre en el bar de Obispo y Oficios, que está próximo a la mencionada casa —dijo Ramiro y así lo hicieron.

Mientras tanto, Rómulo y sus compañeras habían estado en los Jardines, y como no había ni rastros de Arturo y Lisardo, tomaron rumbo hacia la casa señalada en el mapa. Al llegar dejaron el auto algo distanciado y se acercaron cuidadosamente.

—Esa es la casa —señaló Lucía desde lejos—, al parecer está cerrada.

—Claro —dijo Rolo—. Ese es el almacén de don Rafael Villa.

—Es verdad —reafirmó Elena.

—¿Ustedes conocen a los dueños? —preguntó Rómulo.

—Yo solo los conozco de vista, pero mi prima sí, ella trabaja aquí —respondió Elena.

—¡Esa es una buena noticia! ¿Tú crees que pudiéramos ver a tu prima?, tal vez ella sepa algo del dichoso túnel.

—¿De qué túnel están hablando ustedes? —preguntó Lucía.

Elena miró a Rómulo, él había hablado más de la cuenta, pero de todas formas ya Lucía estaba involucrada en todo aquello. Además, ella los estaba ayudando desinteresadamente.

—Este, al parecer, es el motivo por el cual tienen secuestrado a mi padre —respondió él.

Después, sin entrar en muchos detalles, pusieron a Lucía al tanto de los acontecimientos.

—Entonces, ¿podemos contar con tu prima?

—Pues claro, vamos a su casa. Es cerca de aquí, al doblar la esquina.

Unos minutos más tarde llegaban a la casa de Eloisa. Después de los saludos se sentaron en la sala. Elena tomó la palabra:

—¿Prima, por casualidad has oído hablar o visto algún túnel o pasadizo secreto en la tienda de don Rafael?

Ella se quedó pensativa unos segundos, después hizo un gesto negativo.

—Tal vez recuerdes algo acerca de una puerta secreta o algo por el estilo —insistió él.

—En la última habitación de la derecha, debajo de una escalera, creo —agregó Elena.

—¿Cómo sabes eso? —preguntó Rómulo mirándola sorprendido.

—Me lo comentó tío Lisardo, hoy cuando caminábamos por la playa.

—No se me ocurre nada... aunque... déjame pensar... ¿se puede saber por qué existe tanto interés por ese túnel?

—Prima, son asuntos de política, es mejor que no te mezcles en esto —respondió Elena.

—Si es así tienes razón, yo no sirvo para esos temas tan complicados. No obstante, si quieren echar un vistazo yo tengo las llaves, pues ahora, por la noche, voy a limpiar allí.

—Sí —respondieron todos a la vez.

Un rato más tarde y después de mirar cuidadosamente hacia los alrededores, el grupo de amigos y entró a la tienda, detrás de la muchacha.

Exactamente donde Lisardo había dicho estaba la escalera, y debajo de ella había una especie de closet con una puerta. Dentro del mismo una serie de objetos amontonados impedían ver el entablado en la pared.

—La entrada tiene que estar detrás de esa pared de madera —supuso Elena.

—Veamos después de quitar todos estos tarecos. Necesitaremos más luz aquí —afirmó él.

Rómulo se quitó la chaqueta, la colocó en una silla y se dio a la tarea de halar uno a uno los primeros tablones, pero estaban fijos, no cedían en lo más mínimo. Siguió intentándolo, pero en vano.

—Necesito una herramienta, por favor, algo para palanquear los tablones —comentó mirando hacia todos lados.

—Yo buscaré, creo que hay unas herramientas en el patio —se brindó Eloísa.

—Voy contigo —dijo Rolo.

Un momento después regresaron. Rolo traía una palanqueta.

—Aquí está.

—Perfecto Rolo, probaré con este tablón rajado que parece estar medio flojo.

El madero rechinó y cedió algo, después de aplicarle otra fuerza, el madero se dejó correr, y allí apareció una pieza solida de madera que parecía una antigua puerta.

—¡Eureka, creo que la hemos encontrado!

—¿Puedes ver algo?

—Todavía no la puedo ver del todo, debo retirar más tablones.

Unos minutos más tarde se escuchó la voz de Rómulo.

—Ya lo conseguí. No cabe dudas es una puerta aquí está el cerrojo. Voy a abrirla —anunció y todos escucharon el chirrido que producían aquellas bisagras oxidadas.

Un fuerte olor a humedad inundó la habitación.

—Está todo muy oscuro, alcánzame una linterna, por favor.

Eloisa había traído dos linternas Eveready de baterías. Le entregó una y se quedó con otra. Rómulo alumbró y pudo ver la escalinata de piedras que bajaba hacia el túnel.

—Echemos un vistazo.

—Yo voy, ustedes si quieren nos esperan aquí —dijo Elena a Lucía y Eloisa.

—Yo no me pierdo esto de ninguna manera —respondió la primera, mientras que Eloisa decía todo lo contrario.

—Pues yo ni loca entro a ese túnel, que debe estar lleno de bichos. Mejor me quedo y vigilo.

Elena miró a Rolo y le ordenó:

—Hermanito te quedas aquí con Eloisa, y que no se te ocurra ninguna travesura, entendido.

—Siempre me pierdo la mejor parte —rezongó Rolo haciendo un gesto de descontento y dando una patada en el piso.

Los tres amigos se adentraron en el pasadizo.

ΦΦΦ

A todo esto, el otro grupo con Arturo al volante, había llegado al bar-café "La Giraldilla". Después de aparcar el auto en la otra esquina se apresuraron a ocupar una de las mesas del portal.

—Yo haré la primera guardia desde uno de los bancos de la Plaza de Armas para vigilar la puerta de la casa —se brindó Arturo.

—Nos parece bien respondió Ramiro.

Una joven camarera se acercó. Fernando pidió algo de comer, Lisardo un jugo de frutas, y Ramiro por su parte ordenó un whisky doble a la roca. Un trio de guitarras amenizaba la noche, con algunos boleros de la época.

No habían transcurrido ni unos veinte minutos cuando un auto Ford de color oscuro, techo duro y cuatro puertas se detuvo frente a la tienda. El chofer del mismo bajó y caminó sigilosamente explorando el terreno, entonces se acercó a la puerta, la empujo ligeramente pero estaba bien cerrada, después echó un vistazo a las ventanas de la fachada, y entonces regresó al auto. Por la ventanilla trasera se inclinó y se puso a conversar con alguien que esperaba en el vehículo. Arturo al ver el movimiento, rápidamente es incorporó y echó a andar por la acera haciéndose pasar por un paisano distraído, al llegar junto al vehículo disimuladamente echó un vistazo al interior del auto y de esa forma logró ver los rostros de los dos hombres que estaban sentados en el asiento trasero del coche. Al llegar a la esquina hizo como que dobló y rápidamente regresó para, desde allí, mantener la vigilancia.

Minutos después cuando el auto se puso en movimiento. En su interior se escuchó esta conversación:

—Parece bastante vulnerable la puerta, creo que será cosa fácil entrar.

—Podemos regresar a la medianoche con dos hombres —dijo don Ramón—, utilizaremos un auto de la policía de mi jurisdicción y lo estacionaremos frente a la puerta, de forma tal que nadie pueda interrumpirnos.

—¿Traeremos a Fernando para encontrar la entrada?

—¿Crees que sea necesario?

—Estoy seguro que ha dicho la verdad, no es hombre acostumbrado a estos avatares y además teme por la seguridad de su hijo. De seguro cree que somos unos bandidos perdidos.

—Tienes razón, dejémoslo donde está y después veremos qué hacer con él. Otra cosa, acordamos que Ramiro se quedará afuera del negocio, pero cómo lo manejarás.

—Nuestra sociedad se ha caracterizado por la desconfianza, y no he logrado sacar un solo ápice de ganancia de ésta. Lo que me interesaba era encontrar la dichosa entrada al túnel, ya la tenemos. No estoy dispuesto a repartir ni un céntimo del tesoro con él.

—¿Qué harás?

—Todo depende de lo que él haga. Él sabe que yo no me ando con paños tibios.

—Entonces, nos veremos en una hora.

—De acuerdo, ahora te dejaremos en tu casa.

—Bien, pasada la medianoche yo vendré en mi auto.

Arturo vio cómo el vehículo se retiraba, entonces aprovechó para ir hasta el bar y contar al resto del grupo lo ocurrido.

—Noticias frescas —anunció mientras se sentaba y le hacía una seña a la camarera para que le trajera una cerveza.

—Pídeme otro whisky para mí, por favor —solicitó su padre.

—Dos hombres y un chofer estuvieron husmeando frente a la casa, pude ver a los dos que estaban en el auto.

—¿Los conoces?

—Uno de ellos es el comisario don Ramón del Monte, el otro no sé quién es, pero parece gente acaudalada, vestía con elegancia.

—¿Cómo era? —preguntó Ramiro.

—Al parecer de estatura mediana, canoso y usaba lentes.

—Esa descripción no me dice mucho.

—¿Qué haremos?

—Esperemos un rato más a ver si aparece el inspector Silverio.

—¿Y si no viene?

—Si no viene entraremos nosotros —proclamó Ramiro levantando el trago para brindar—. Salud.

ΦΦΦ

Mientras tanto, en el oscuro y húmedo túnel, Rómulo y su escuadra llegaban al final de la escalera.

—Aquí comienza el pasadizo a correr al mismo nivel —señaló él.

—¿Tú crees que encontraremos algo?

—Haremos lo posible, pero no lo puedo garantizar. Al parecer los únicos que conocen dónde está el tesoro son don Ramón del Monte y la otra persona que lo ocultó aquí.

—¿Quién sería esa persona?

—No tengo la menor idea.

—Esperen un momento —interrumpió Lucía—. ¿Por casualidad ustedes hablan del inspector don Ramón del Monte?

—Claro —contestó Elena.

—¡Oh... esto es en grande! Entonces estamos jugando con gente muy poderosa.

—Yo se lo dije, doña, que no se inmiscuyera en este enredo.

—No te preocupes, al contrario, ahora me gusta más esta aventura, pues si está metida la gente de la farándula de esta ciudad es que hay bastante dinero en juego.

—Eso es lo que tengo entendido.

—Sigamos el camino, que por lo que veo no está nada fácil, hay algunas malezas y escombros en el suelo que deberemos sortear para poder avanzar —resumió Rómulo.

El grupo comenzó a desplazarse pero la marcha era bastante lenta. Con sus manos Rómulo arrancaba los arbustos y retiraba del suelo las piedras que estorbaban para que las mujeres pudieran pasar con facilidad.

—¡Ostias!..., me arrepiento de no haber traído alguna herramienta para quitar estos matojos y helechos. Tengan cuidado al pisar aquí, pues hay rocas sueltas.

Elena seguía los pasos de Rómulo, de vez en cuando profería alguna que otra de sus acostumbradas jaranas:

—Menos mal que hoy me he puesto zapatos cerrados y bajitos para la fiesta de La Tropical, porque miren para esto a donde hemos venido a parar.

—Ja, ja,... Elena creo que Rómulo va a tener que comprarnos calzados nuevos cuando termine esta aventura —comentó Lucía.

—Zapatos y vestidos —apuntó Elena —ya el mío comienza a enredarse con esta manigua.

—Es que al parecer el suelo está muy húmedo por las filtraciones y por eso se ha deteriorado tanto —aclaró Rómulo—. Además, este subterráneo debe tener muchos años de construido, no es para menos.

—Detengámonos un momento —pidió Lucia haciendo una señal—, me pareció escuchar un ruido detrás de nosotros.

Los tres quedaron silenciosos por un momento hasta que un grupo de murciélagos sobrevoló por encima de ellos y se alejó hacia el fondo. Esperaron un par de minutos más hasta que Rómulo dijo:

—No escucho nada.

—Yo tampoco —dijo Elena.

—Mejor seguimos —rectificó Lucía, tal vez fueron ideas mías.

Rómulo levantó la lámpara e inició el avance nuevamente. Unos metros más adelante se detuvo.

—Aquí aparece otro túnel que corre perpendicular a este. ¿Qué hacemos?

—Descansemos unos minutos —pidió Lucía, hace mucho calor aquí abajo y el aire se ha enrarecido.

—Si tienes razón —afirmó Elena—, este olor a humedad es algo extraño.

—Es olor a azufre —explicó Rómulo—, a veces se percibe en algunos suelos sobre todo en los mantos freáticos cercanos a las costas.

—¡Oh, cómo sabe el señorito! —exclamó Elena.

—Y tú como siempre pinchándome, pero como ya te conozco y sé que eres un poco rencorosa, no lograrás sacarme del paso.

—He, ¿a qué viene eso de rencorosa?, no tengo ningún motivo para eso —dijo ella.

—Es lo que parece —dijo él—, ¿no es verdad Lucía?

—No, no, no..., A mi no me inmiscuyan en ese tira y jala, eso es cosa de ustedes y tendrán que resolverlo en su momento, no sé si con una bofetada o con un beso.

Los tres rieron unos segundos lo cual sirvió para atenuar en algo el cansancio. Entonces Rómulo preguntó:

—Bien decidan las damas, ¿por cuál de los dos pasadizo nos vamos?

—Sigamos por el principal, si no encontramos nada regresamos y nos vamos por este otro —propuso Elena— ¿qué opinas Lucía?

—Me parece bien.

—De acuerdo, avancemos entonces.

Un rato después, Rómulo divisó, la escalera que comunicaba con el Palacio.

—Hemos llegado al final de esta galería veamos si podemos subir por esta escalera.

—Crees que resistan esos viejos peldaños —preguntó Elena.

—Haremos el intento.

Rómulo comenzó a escalar, los tablones gruñían cada vez que los pisaba, y había algunos rotos, por fin con mucho cuidado llegó a la parte superior. Un momento después, bajó.

—No hay nada allá arriba, al parecer clausuraron con una pared de mampostería la entrada que había hacia el pasadizo.

—Entonces regresemos y tomemos por el otro camino —dijo Lucía.

ΦΦΦ

Al mismo tiempo, en el bar, Ramiro, Fernando y Lisardo conversaban mientras Arturo se mantenía de guardia, observando la entrada de la casa.

—Qué fresco tan agradable está llegando hasta aquí.

—Creo que este aire es de lluvia.

—A mí también me lo parece. En esta época cae un aguacero de un rato para otro, sin más ni más.

—Al menos estamos bajo techo.

Unos minutos después llegó Arturo, corriendo debajo de la lluvia.

—Tuve que abandonar la guardia, viene un recio aguacero en camino.

—Siéntate, hijo, y bebe algo...haremos lo mismo que hacen en España cuando está lloviendo.

—¿Qué es lo que hacen padre?

—Esperar a que escampe.

—Ja, ja, ja...

ΦΦΦ

En el túnel, los tres amigos retrocedieron hasta encontrar el otro pasadizo y por allí retomaron el rumbo. El sudor le nublaba la vista a Rómulo que seguía limpiando el camino, su desabotonada camisa estaba ensopada y ya una de sus mangas, se había rasgado al trabarse en una rama, sus pantalones de color beis se habían manchado de lodo. Elena por su parte ya se había quitado su chaqueta y su vestido ya no era del todo blanco, las manchas y salpicaduras de lodo eran su complemento, por lo que a cada rato se escuchaba sus refunfuños. Por su parte Lucía había perdido su sombrerito en la trayectoria y también se había despojado de su chaleco azul, el que acarreaba en su mano, por supuesto su vestido estaba parecido al de Elena y hasta con algunos rasguños, pero a decir verdad le parecían insignificancias comparado con el entusiasmo que había despertado en ella aquella alocada aventura que estaban viviendo junto a sus nuevos amigos.

Después de avanzar otro cuarto de hora, Lucía comentó:

—¿Son ideas mías? ¿Ustedes no lo sienten?

—¿Qué cosa? —preguntó Rómulo.

—Es como si viniera aire fresco desde el otro extremo del túnel.

—Yo también he notado diferencia en el aire —reafirmó Elena.

—Eso significa que debe haber alguna abertura, por allá más adelante.

—Sigamos.

ΦΦΦ

Mientras, en la entrada del corredor, esperando el regreso de su prima y amigos, Eloísa estaba ya bastante impaciente. Se asomó a la puerta, pero su miedo a la oscuridad le impedía dar un paso hacia adentro.

—Ese muchacho travieso, que ocurrencia entrar detrás de los mayores, deja que Elena lo encuentre, que la surra no se la quita nadie —comentó en voz alta.

Escuchó atentamente, mas no oyó nada. Entonces decidió cerrar la habitación e ir a la entrada principal de la casa para echar un vistazo. Al asomarse afuera, Arturo, que estaba nuevamente de guardia, con un paragua para protegerse de la lluvia la vio y la reconoció. Rápidamente corrió y se acercó a ella.

—Eloísa, ¿qué haces aquí en esta casa y a estas horas?

—Hola, Arturo, te estás mojando, ven pasa, es que yo tengo que limpiar aquí esta noche.

—Entremos, debo decirte algo importante —dijo y la llevó con prisa hacia el interior de la casa—. Debes marcharte de aquí inmediatamente. Hoy no puedes limpiar. Corres un gran peligro si permaneces aquí.

—No me puedo marchar ahora.

—¿Por qué?

—Elena, vete para dentro.

—¿Quién, tu prima?

—Sí.

—¿Ella está con Rómulo?

—Sí, anda con ese hombre y una mujer... ¿Tú también estás metido en este enredo del túnel?

—¿Cómo dices? —exclamó Arturo—. Vamos, llévame a la entrada. Debo buscarlos rápidamente, pues corren un gran peligro.

—Ven por aquí, y hasta Rolo que se había quedado conmigo se me escapó y se fue detrás de ellos.

Eloisa, lo llevó a la habitación y le mostró la entrada.

—Está muy oscuro coge este quinqué para que puedas ver allá abajo.

—Perfecto. Ahora corre para tu casa y no regreses hasta que te avisemos.

Arturo, se aventuró por el túnel.

ΦΦΦ

Rómulo, seguía avanzando con su escuadra femenina, pero las condiciones climatológicas también cambiaban en el subterráneo.

—Tengan cuidado, el piso está muy húmedo y resbaladizo.

—No solo está húmedo, corre agua como si viniera de un manantial.

—Pero hace un rato no había esta agua.

—Entonces viene de arriba, debe ser que está lloviendo y entra por alguna parte.

—Esta parte va en bajada... ¡Cuidadoooo..., jodeeeer! —exclamó Rómulo al tiempo que tropezaba con algo, caía y comenzaba a resbalar por el piso.

La linterna rodaba con él y las mujeres vieron como Rómulo se deslizaba por aquella zanja de agua y fango profiriendo palabrotas. Unos minutos después quedaron sin luz.

Elena no paraba de reír a carcajadas desde el primer instante en que Rómulo comenzó a gritar. Por su parte Lucía que había aguantado las ganas por pena, no pudo más y también rompió a reír.

—Ja, ja... No te rías más, Elena, por favor. —Que gracioso...ja, ja.

—Rómulooo —gritó Elena, entre risas— ¿Estás bien?

—Sí, creo que sí —se escuchó desde lejos.

—Todo está muy oscuro —dijo Lucía—, no podemos avanzar más o caeremos también.

De pronto una luz aclaró el lugar. Las mujeres miraron sorprendidas hacia atrás desde donde provenía.

—¿Quien anda ahí? —indagó Lucia.

Una risa continua se escuchaba.

—¡Rolo, eres tú! ¿Qué haces aquí? —gritó, Elena.

—Disculpa mi hermana, pero no podía perderme esta aventura tan simpática, ja, ja.

—Muchacho desobediente, deja que se lo diga a mamá. Mejor acércate para acá y alumbra con la linterna para ver si encontramos a Rómulo.

Con mucho cuidado avanzaron unos pasos más hasta que vieron lo que había pasado.

Rómulo, después de deslizarse un trecho, había caído por un agujero que se había creado en el piso del túnel.

—¡No van a creer lo que les voy a decir! —gritó Rómulo desde abajo.

Las mujeres se agacharon junto al orificio por el cual caía el agua de lluvia.

—¿Qué cosa?

—¡Bajen por el hueco para que vean esto!

—¡Estás loco! acabaría estropeándome completamente el vestido si bajo por ahí —replicó Elena.

—Ustedes se lo pierden si no bajan.

Elena miró a Lucía y le preguntó:

—¿Bajamos?

—Ya de todas formas estas ropas están sucias. Tendremos que lanzarnos, yo no quiero perderme esta parte de la aventura.

—Tienes razón... ¡Pues allá voy! —gritó Elena, mientras se agachaba y se deslizaba por la canal de agua y fango. A continuación, Lucía hizo lo mismo.

Llegaron abajo y cayeron en un río subterráneo. Rómulo estaba parado en él y el agua limpia le daba por la cintura. Las mujeres se incorporaron, limpiándose el agua de los ojos.

Desde arriba se escuchó el grito de Rolo:

—Hermanaaa..., Allá voy.

—¿Y qué hace Rolo aquí? —preguntó Rómulo.

—Ya ves, venía escondido detrás de nosotros —aclaró Elena.

—Ese era el ruido que yo escuchaba a intervalos—afirmó Lucía.

Unos segundos después, llegaba Rolo riendo y se unía al grupo.

—Pues entonces prepárense que les tengo una grata sorpresa ¡aquí está lo que buscamos! —dijo Rómulo.

—¿Dónde? —preguntó Elena—. Yo no veo nada.

—Precisamente están junto a ellos.

Allí se veían encubiertos, en una loma de arcilla, dos cofres metálicos medianos. Al aproximar la luz pudieron apreciar en sus paredes oxidadas los escudos de la Corona española.

El agua de lluvia que había filtrado durante años había aflojado el fondo del túnel. Debido al peso del oro, los cofres habían provocado un desliz en la tierra y habían caído en una derivación de la zanja real. Este antiguo abasto de agua, construido en la etapa colonial, era un canal de piedra que proveía de agua limpia a la ciudad, al traer el líquido desde el río Almendares. En determinados puntos de la villa había fuentes de agua para el uso colectivo, mientras que las edificaciones más importantes contaban con su propia derivación, como era el caso del Palacio y de algunas casas de las familias más acaudaladas. Aunque ya esta fuente había sido sustituida, todavía corría agua por ella.

Nadie que estuviera pasando a aquellas horas de la madrugada por la calle Obispo podría imaginarse que abajo, en un túnel, un hombre, un niño y dos mujeres bailaban y brincaban con el ritmo melodioso del agua que corría por la zanja real.

—Y bien, ¿qué haremos para sacar esto de aquí?, pues será imposible subirlos por ese hueco hacia el túnel —preguntó Lucía.

Rómulo se cruzó de brazos y tocándose con su mano derecha la barbilla tomó la palabra:

—Se me ocurre aplicar algo de física y valernos de una técnica muy antigua que usaron nuestros ancestros para transportar pesadas cargas por los rios. Los egipcios por ejemplo usaban unas embarcaciones para navegar por el rio Nilo...

Elena poniéndose las manos en la cintura lo interrumpió:

—En fin, ¿nos dirás en qué consiste la idea o tendremos que escuchar primero un clase de historia?

Rolo, comenzó a reír al ver el gesto de disgusto en la cara de Rómulo.

—Está bien —respondió—. Propongo transportarlos por el agua, que será más fácil.

—¿Cómo es eso? —preguntó Elena.

—Si no me has dejado explicar —refunfuño él.

—Ja, ja, hermanita —aclaró Rolo riendo—, Rómulo quiere decir que nos llevaremos los cofres cargados pero manteniéndolos en el agua para que pesen menos, ¿no es así?

—Correcto.

—Acabaremos eso yo lo sabía, eso lo hacíamos nosotros cuando cruzábamos el rio Bacuranao con los cántaros de leche en casa de tía Tata —dijo ella.

Rómulo se acerco a los cofres.

—En fin, manos a la obra que debemos encontrar alguna salida a través de este canal.

—Este canal —indicó Lucía —, debe ser la zanja real, que repartía el agua por la ciudad, en algún lugar no muy lejano debe haber un registro o alguna forma de salir al exterior.

—Esta variante será mejor por si alguien ha seguido nuestros pasos, pero siempre va a ser un poco arriesgada...aclaró Rómulo.

Comenzaron a sacar los cofres del montón de arcilla y piedra, y cuando ya los tenían casi listos, Lucía advirtió:

—Silencio, me pareció escuchar voces arriba.

—Tratare de subir a ver —dijo Rómulo. Y comenzó a escalar.

—Rómulo —se escuchó una voz en el túnel—. Elena... Soy yo, Arturo.

—¡Es Arturo! ¿Cómo habrá llegado hasta aquí? —le explicó él a las mujeres que esperaban abajo—. Por aquí, primo.

—Ya te veo. Qué bueno encontrarlos, estábamos preocupados por ustedes.

—Nosotros también. ¿Cómo has llegado hasta aquí?

—Estaba vigilando esta casa y vi a Eloisa asomarse afuera, traté de prevenirla del peligro que estaba corriendo aquí y ella me puso al tanto de las cosas.

—¿De qué peligro hablas?

—Don Ramón y otro personaje poderoso se han unido y vendrán para acá con sus hombres en cualquier momento.

—¡Caray!, ya me parecía que había mucha tranquilidad.

De pronto otra luz se vio a lo lejos en el túnel.

—Vamos, Arturo, sígueme.

Rómulo saltó por el hueco y al caer ordenó:

—De prisa por la zanja, no tenemos otra opción.

—¿Qué pasa?

—Alguien viene hacia acá. Tenemos que encontrar otra salida.

Arturo también saltó, al llegar abajo, saludo a todos, al ver a Lucía preguntó:

—Primo, ¿quién es esa mujer tan bella?

—Yo los presento —se ofreció Elena.

—Lucía, este es Arturo, ya oíste hablar de él. Arturo, ella es Lucía, una amiga nuestra.

Ambos se saludaron, pero sus manos estuvieron apretadas más del tiempo reglamentario.

—¡Válgame Dios, lo que me estaba perdiendo —exclamó Arturo—, yo allá arriba sentado en un banco, y ustedes aquí divirtiéndose de lo lindo!

—Todavía no sabes la mejor parte —dijo Lucía— mira para allá.

—¿Qué cosa son esos... cofres?

—¿Tú qué crees?

—¡No me digan que ese es el oro!

—Así mismo es.

—¡Caramba, ustedes son fantásticos! ¿Cómo los encontraron?

—Digamos que con un resbalón de Rómulo —respondió Elena.

—Vamos, vamos —interrumpió Rómulo—, no tenemos mucho tiempo.

Los cuatro amigos comenzaron a arrastrar la carga por las aguas, mientras Rolo iluminaba con la linterna.

Don Ramón y sus hombres habían entrado a la casa y después de maniatar a Eloísa se habían adentrado por el túnel a sabiendas de que alguien se les había adelantado.

—Miren, aquí hay otro canal —señaló Rolo—, pero hay una puerta enrejada.

—Abramos la puerta y vayamos por él.

Así lo hicieron. Arturo y Rómulo lograron abrir la reja. Entraron por un túnel algo más estrecho y después de caminar un rato llegaron a un lugar sumamente extraño.

—¿Y esto qué cosa es? —exclamó Elena.

Los cuatro se quedaron mirando con asombro aquel lugar.

—Es algo parecido a una terma romana —dijo Rómulo.

—Debe estar oculto en el subterráneo de alguna casa lujosa.

—¡Este lugar parece salido de un cuento! —exclamó Elena.

Era una vista espectacular donde el aroma de inciensos y fragancias exóticas daba la bienvenida a los inesperados visitantes, acompañada por una relajante melodía de violines. Ante ellos se habría un corredor con paredes y pisos enchapados con mármoles de Carrara, en el que se alineaban estatuas de dioses romanos junto a valiosos jarrones de cerámica policromada. De las paredes pendían algunas farolas que iluminaban tenuemente el recinto. Varios muebles de estilo clásico griego, cojines de terciopelo, y alfombras conformaban un área de relajación donde apetitosas frutas y bebidas se exhibían sobre bandejas de plata. En la parte central del recinto varias columnas de estilo jónico rodeaban una hermosa terma de aguas tibias, donde cinco mujeres completamente desnudas y dos hombres se recreaban mientras que saboreaban unas bebidas. Al ver a los visitantes el grupo se sorprendió ligeramente y los miraron con curiosidad, pero no temerosos.

Arturo aprovechó la confusión y, echándose no sin dificultad uno de los cofres al hombro, dijo:

—Con vuestro permiso y disculpen, pero es que estamos algo apurados.

Elena cogió a Rolo y colocándose detrás de él, puso la palma de sus manos en sus ojos para impedir que mirara aquella escena y le dijo:

—Vamos hermanito que yo te guio, estas escenas de teatro son para mayores de edad.

A continuación las dos mujeres pasaron y saludaron. Por último Rómulo, cargando el otro cofre, se despidió de ellos:

—Buenas noches, y que la sigan pasando bien.

Los nudistas, que al parecer estaban bastante pasados de tragos, no se inmutaron en lo más mínimo y levantando sus tragos devolvieron las buenas noches a los cuatro intrusos.

—¡Joder, lo que se ve en esta ciudad! —comentó Rómulo.

—¿De quién será esta casa?

—De algún adinerado, por supuesto.

—Allá en el fondo hay una escalera y una puerta, vamos.

Una puerta de metal se dejó abrir después de que ambos hombres hicieron un gran esfuerzo. Un túnel de unos seis metros de ancho y seis de altura se veía abajo, por el corría agua limpia en sentido norte.

—¿Qué hacemos? —preguntó Elena.

—Saltar, no hay de otra —exclamó Rómulo lanzándose, después de colocar el cofre en el suelo.

El agua apenas les llegaba a la cintura.

—Vamos Rolo salta que das pie aquí, el fondo es de arena —le dijo al muchacho, que no lo pensó mucho y se unió a él.

—Vamos, todos al agua —dijo Elena saltando.

Arturo le alcanzó los cofres a Rómulo y después se unió al grupo.

—Esto es agua salada —señaló Rómulo— al parecer viene de la costa.

—La única costa que tenemos aquí cerca es el Malecón —agregó Arturo.

—Entonces es una entrada subterránea que viene desde allá.

—Es la única salida que tenemos.

—Adelante.

Por su parte don Ramón y su equipo habían seguido los pasos a nuestros amigos, y minutos después irrumpían en aquella orgía. Los hombres que lo acompañaban se quedaron asombrados mirando aquellas mujeres.

—Eh, amigos, ¿quieren un trago? —preguntó una de ellas levantando su bebida.

Don Ramón preguntó:

—¿Por dónde se fueron?

Los nudistas rieron y señalaron hacia la puerta.

—Vayan tras ellos, no los pierdan de vista —ordenó don Ramón. Después corrió hacia unas escaleras, subió y salió por otra puerta. Al parecer, él conocía perfectamente aquel lugar.

Los cinco amigos siguieron avanzando, pero era bastante difícil arrastrar aquellos cofres pues, el cansancio ya se apoderaba de ellos. Rolo llevaba una linterna. Elena ayudaba a Rómulo y Lucía, a Arturo; los recién llegados habían hecho, en muy poco tiempo, muy buenas migas. Sus manos se encontraban de vez en cuando durante aquel zafarrancho de combate y ambos, lo disfrutaban mientras se miraban. Elena, por su parte, no paraba de bromear; parecía que para ella no existía el temor.

—¡Rómulo, tendrás que comprarme un vestido nuevo, mira cómo está este por tu culpa!

—¡Para vestidos nuevos estamos nosotros! Piensa mejor en cómo salir de este lío en que estamos metidos.

—Nos escapamos, ya verás. ¡Ay, algo me tocó por abajo! —gritó Elena señalando hacia el agua.

El grupo se detuvo un instante, habían recorrido ya casi quinientos metros y todavía no se vislumbraba ninguna salida. Entonces, Rolo, alumbró con la linterna.

—Es un manatí, miren, ahí va —dijo Arturo.

—Ja, ja, que gracioso, no hace daño hermanita, solo está jugando —comentó Rolo.

—Descansemos unos minutos que estos baúles están pesados —pidió Lucía.

La tarea no era nada fácil, las gotas de sudor corrían por los rostros de cada uno de ellos, los cofres pesaban unas cien libras cada uno, al transportarlos sumergidos, lograban aliviar su peso considerablemente, pero la trayectoria había sido larga, así como la noche, y ya los cuatro presentaban claros signos de cansancio.

—Miren hay algo allí flotando —señaló Rolo con la linterna.

Algo se movía a unos veinte metros delante del grupo.

—Se mece como si fuera una embarcación —sugirió Rómulo.

El niño comenzó a acercarse poco a poco.

—¿A dónde vas? —gritó Elena—Ten cuidado, no sabes lo que es.

Pero Rolo siguió avanzando hasta que se detuvo cerca del artefacto, entonces grito:

—Es una barcaza de pescador.

—¿Y cómo llegó hasta aquí? —preguntó alguien del grupo.

—Es una buena pregunta—respondió Lucía pero lo mejor de todo es que estamos salvados, porque por donde mismo entró el bote saldremos nosotros.

—Cierto —afirmó Arturo.

—¿Rolo, por favor, mira adentro para saber si no ha hecho agua? —pidió Rómulo.

El niño inspeccionó el bote y respondió:

— Señor Rómulo, está en buenas condiciones.

—¡Perfecto!, entonces usémosla para mover el oro, y así nos aliviamos el trabajo.

—Tienes razón, muy buena idea —afirmó Elena.

Acarrearon los cofres y los colocaron en ella. Era una pequeña chalupa de algún pescador que al parecer se había zafado de su amarra y el oleaje la había introducido por el canal.

—Súbete Rolo y siéntate en la proa para que alumbres hacia adelante.

—Rómulo, creo que Lucía y Elena pueden subirse y nosotros dos empujamos.

—Me parece bien, ayudémoslas.

Lucía, estaba sentada y cuando se disponían a subir a Elena, Rolo gritó:

—De prisa, señores, que alguien se acerca por allá atrás.

Efectivamente los hombres de don Ramón, ya venían tocándole los talones.

—¡Vamos rápido! —exclamó Rómulo, al tiempo que ayudaba a Elena, a subirse en la barca—, ahora empujemos a la vez.

Los dos hombres con toda la fuerza que les era posible, dieron un empujón inicial y la embarcación salió surcando las aguas del túnel. Detrás se escuchaban varias voces que gritaban:

—Deténganse ciudadanos, en nombre de la ley.

Así avanzaron unos cincuenta metros, pero las fuerzas de las piernas de Arturo y Rómulo comenzaron a ceder. Ya la barca comenzaba a perder velocidad, cuando de pronto un impulso inesperado aceleró la velocidad de la embarcación, sorprendiendo a los dos hombres al punto que Rómulo perdió el equilibrio. Desde la barca, Elena y Lucia, remaban por ambos lados como si estuvieran en una regata. Habían encontrado los dos remos en el fondo de la chalupa y así, sin más ni más, les estaban dando uso.

—Esperen un momento que Rómulo tropezó y se quedó atrás —gritó Arturo que se arrastraba enganchado de la popa de la barca.

Las mujeres detuvieron los remos un momento hasta que Rómulo se incorporó y entonces entre todos volvieron a impulsar la nave comenzando a ganar distancia de los seguidores, así pudieron mantener el ritmo durante otro cuarto de hora.

—¡Miren allá se ve una claridad —gritó Rolo—, parece ser la salida!

—Sí hermano, tienes razón, sigamos remando ya se ve algo a lo lejos.

Los hombres que los seguían habían quedado rezagados y un rato después, Rolo, anunciaba eufóricamente:

—¡Ya estamos llegando al mar!

Efectivamente, unos minutos más y salían al exterior. La penumbra de la noche aún dominaba la costa, pero la lluvia había cesado dejando el cielo despejado y repleto de estrellas. El mar estaba en calma.

—¡Qué maravilla, por fin aire fresco! —exclamó Elena.

Arrimaron la embarcación y los hombres ayudaron a las mujeres a bajar.

—Descansemos unos minutos, que ahora habrá que cargar los cofres. Necesitamos escalar esta vertiente.

La situación se tornaba difícil pues la parte superior del muro del Malecón estaba muy por encima, casi unos diez metros, no era fácil acceder por allí.

—Vamos a tener que ir bordeando esta muralla para acercarnos a aquellas luces que se ven hacia el oeste que son del Castillo de la Punta, es nuestra única salida —anunció Arturo, que conocía muy bien la zona.

—En marcha, que nos pisan los talones los hombres de don Ramón.

El grupo echó a andar hasta encontrar un muelle de desembarco para pescadores, por allí escalaron y comenzaron a bordear la ladera hasta llegar a una terraza formada sobre las rocas.

—Por allá —señaló Arturo, hacia una rampa que se veía a un costado del muro de la antigua fortaleza.

Con bastantes dificultades atravesaron el suelo rocoso y llegaron hasta allí. Aquella rampa antiguamente estaba custodiada por dos grandes rejas de hierro, pero para aquellos tiempos ya solo una estaba en pie, lo cual les facilitaba el libre acceso hacia el interior de la edificación.

—Descansemos un instante —pidió Elena, sentándose en el borde de la rampa— Lucía y yo estamos exhaustas.

—De acuerdo —respondió Rómulo—. Arturo y yo subiremos uno de los cofres primero, y cuando regresemos por el otro, subimos todos juntos.

—Buena idea —afirmó Lucía, tomando asiento junto a Elena.

—Ven Rolo, descansa un rato tú también.

Los hombres se alejaron con la primera carga.

—Esto sí es una aventura real, ¿verdad señorita Lucía —señaló el muchacho.

—Es cierto Rolo, nunca pensé que esta noche me divertiría tanto.

—Ha sido muy emocionante todo —apuntó Elena.

La oscuridad comenzaba tenuemente a disiparse cuando ya regresaban Arturo y Rómulo.

—Vamos de prisa que esto aún no termina se escuchan voces, ya se acercan los gorilas de don Ramón.

Echaron a andar nuevamente. Ascendieron por la rampa hasta llegar a lo alto del muro de la fortaleza. El lugar estaba desierto. El grupo se detuvo en lo que antiguamente eran los parapetos defensivos para contemplar la vista. Desde allí se podía apreciar toda el área del encuentro entre la Avenida del Puerto, el Paseo del Malecón y el Paseo del Prado donde aún las farolas se mantenían iluminado el entorno. Anuncios lumínicos de hoteles, restaurantes, bares y comercios se alineaban a lo largo de las fachadas, con sus disímiles diseños y colores tratando afanosamente por sobresalir del resto de los competidores para ganar más clientes. El movimiento peatonal era el acostumbrado para estas horas, unos cuantos transeúntes iban de camino al trabajo, otros de regreso a sus moradas después de una clamorosa noche de parranda y algunos que perezosamente se resistían a abandonar sus mesas y bebidas y aun disfrutaban de los canturreos de algún músico con la justificación de esperar el amanecer.

—Romántica vista de la ciudad que se aprecia desde aquí —dijo Lucía mirando de soslayo a Arturo que estaba justo a su lado.

—Es cierto —advirtió el—, solo que no tenemos mucho tiempo para disfrutarla. Miren hacia allá.

Por la avenida, dos coches de la policía venían a toda marcha hacia el portón principal de la fortaleza.

—¡Y por la costa se acercan los hombres de don Ramón! —señaló Rómulo.

—Parece que no tenemos por dónde escapar.

—¡He amigos miren esto! —gritó Rolo, que se había alejado del grupo casi unos treinta metros por el pasillo que unía los baluartes defensivos de la muralla.

Elena corrió hacia el lugar y desde allí gritó al grupo:

—Solo nos queda esta posibilidad.

Rómulo se aproximó y cuando vio de qué se trataba refunfuñó:

—¡Ni se te ocurra! Yo le tengo miedo a las alturas.

Allí estaba aquel inmenso globo aerostático que habían visto hacía unos días cuando caminaban por la ciudad. La penumbra lo mantenía oculto detrás de un parapeto, pero al comenzar a llegar desde el este las tenues luces del amanecer, su gruesa tela llena de costuras con adornos, comenzó a brillar.

Estos inventos voladores que estaban de moda en aquellos años, habían sorprendido a los habitantes de la ciudad en varias ocasiones desde la primera mitad del siglo. Tripulados por arriesgados y aventureros pilotos, ascendían hasta diferentes alturas y después sobrevolaban pausadamente las ciudades y campos hasta que aterrizaban, unas veces de forma suave para los más afortunados y otras, forzosamente, en algún establo o en un campo de caña.

El globo tenía aproximadamente unos treinta y cinco metros de altura, de el pendía una cesta o barquilla para los tripulantes, construida de mimbre, que se sostenía al mismo por medio de una fuerte red. La barquilla estaba sobre el piso del patio anclada por dos gruesas sogas y repleta de sacos de arena que le servían de lastre para la hora del despegue, su tamaño era suficiente como para albergar a cuatro tripulantes durante un vuelo.

—Vamos, hombre, que no se diga, será solo un pequeño y matinal paseo —replicó ella.

—¡Sí! —gritó Rolo—.Vamos señor Rómulo que tengo unos deseos de montarme en ese artefacto.

Arturo y Lucía se miraron e hicieron un gesto afirmativo. Sin dudas, eran dos aventureros de pura cepa. Algo había surgido entre ellos. Aquella curiosa aventura en que se habían involucrado por diferentes caminos los había acercado íntimamente. Él la había estado protegiendo durante todo el trayecto. Arturo cargó el cofre en su hombro y le tendió su mano a ella:

—Nos vamos.

—Por supuesto —respondió ella.

Elena miraba a Rómulo desde su lugar con un gesto de reproche. Él levantó el otro cofre y masculló entre dientes:

—Veamos si logro salir de esta.

Los cinco amigos se lanzaron escaleras abajo hasta el patio. Al llegar a la cesta, las mujeres y Rolo subieron primero y después los hombres se encargaron de montar los cofres. Entonces, ambos comenzaron a liberarla de las sogas.

—Tiremos todos estos sacos de lastre para que se eleve el globo.

El portón principal del castillo se abrió. Un auto de la policía entró al patio, y un hombre se bajó rápidamente del mismo.

—¡Es el inspector Silverio —exclamó Rómulo exaltado—, estamos salvados!

Pero seguidamente, por la otra portezuela, otro hombre bajó del auto.

—¡Recórcholis, es don Ramón! —exclamó Arturo.

—¡No comprendo nada!

—Todo está muy claro, Rómulo —dijo Elena a su lado—, los dos son compinches.

—¡Joder!, no es posible que me haya engañado.

—¡Arriba..., debemos hacerlo si queremos escapar de estos dos! —resumió Arturo, lanzando otro saco.

Varios agentes saltaron del otro auto y corrieron hacia el globo que aun no acababa de despegar, entonces se inició la pelea. El primero recibió un saco de arena que le lanzó Arturo y se fue al suelo con el mismo, pero otro agarró a Rómulo por la cintura y ya lo tenía casi fuera de la cesta, de no ser por la intervención de Elena que salió en su ayuda aplicándole tal zapatazo en la oreja que el hombre tuvo que soltarlo.

Otros dos policías saltaron a la barcaza, uno forcejeaba con Arturo mientras el otro se abalanzaba sobre Lucia, pero ella le asestó tal puñetazo en la cara que el hombre cayó hacia afuera de la cesta.

—¡Cáspita! —gritó Rolo— eso sí es boxeo de verdad.

Rómulo, aprovechó y lanzó un saco de lastre contra otro de los gorilas de don Ramón. Por fin el globo se despegó unos metros. Lucía cogió un puñado de arena de un saco abierto y lo lanzó a los ojos de los policías, al tiempo que le gritaba a Elena:

—¡Arena! ¡Arena!

Ambas arremetieron contra los hombres de los comisarios mientras Rómulo y Arturo lanzaban más lastre.

El globo dio un brinco y se fue contra los autos, don Ramón y el inspector Silverio corrieron apartándose. Se escuchó el grito de alegría de los amigos mientras los guardias volvían a intentar alcanzar la cesta. Dos de ellos lograron agarrar las sogas de la barquilla y sostenerla por unos minutos entonces otro sacó su arma, pero el inspector Silverio lo detuvo con un grito:

—¡Bajen sus armas estúpidos, no ven que hay un niño!

El globo se mantenía despegado del suelo pero no se podía elevar, entonces Rolo sacó su tirapiedras y, apuntando a uno de los guardias, le lanzó un perdigón, el hombre soltó la amarra y el globo dio un brinco y arrastró al otro policía pero este, en una maniobra, logró asirlo a un poste. Entonces, Arturo saltó por la borda de la nave, cayendo sobre el policía para derribarlo, el globo dio un brinco al sentirse liberado y se desplazó.

—Corre Arturo y sostén la cuerda —gritó Lucía.

Así lo hizo, corrió y saltó sobre unos bultos que había en el patio y dando un fuerte brinco, logró asirse de la cuerda.

—Ahora soltemos más lastre —gritó Rómulo, arrojando otros dos sacos.

El artefacto comenzó a ganar en altura y se elevó unos veinte metros entonces comenzó a desplazarse por encima del Paseo del Malecón.

—Debemos soltar más lastre o nos iremos contra ese edificio —gritó Arturo, desde abajo.

Soltaron los dos últimos sacos de arena, el globo brincó y ascendió, pero al mismo tiempo, tropezó con una valla metálica de anuncios que estaba sobre el edificio. Arturo seguía agarrado de la soga tratando de escalarla, la cesta golpeó contra un balcón, y los tripulantes fueron derribados dentro de ella. Arturo, se preparó para la acometida y, con sus pies, amortiguó el encontronazo contra la pared. El globo se estabilizó y siguió ganando en altura. Los amigos comenzaron a tirar de la cuerda y, unos minutos después,

Arturo asomaba su alegre rostro por la borda de la barquilla. Lucía, no ocultó su alegría y, le dio un beso en la cara.

—¡Bienvenido de regreso! —exclamó Rolo, aplaudiendo la hazaña.

Todos celebraron. Ahora la nave sobrevolaba apaciblemente por encima del Paseo del Prado a una altura de unos cien metros.

Los cinco aventureros disfrutaron por un rato de aquella nueva experiencia.

—¡Esto es maravilloso! —exclamó Elena y abrazó a Rómulo.

—¡Fantástico, qué hermosa vista!

—¡Somos dichosos, pocas personas han logrado hacer esto! —decía Rolo con una sonrisa de oreja a oreja.

Don Ramón y Silverio subieron a sus autos con el resto de los policías y salieron rumbo a la avenida del puerto para perseguirlos.

Mientras tanto los amigos se deleitaban con aquel viaje. Por un rato olvidaron todas las tensiones y el cansancio del día anterior y la noche. Aquel aire fresco del amanecer acariciaba sus rostros, y la fabulosa vista de la ciudad no dejaba de asombrarlos. Sin darse cuenta, Arturo había sujetado a Lucía por la cintura y ella, cómodamente, le había puesto el brazo en su espalda. Por su parte Elena, recostaba su pelo húmedo sobre el hombro de Rómulo. Rolo miraba con asombro y no se cansaba de detallar las cosas que iban viendo:

—¡Miren, desde aquí se ve hasta la bahía!

En las calles y aceras de la ciudad los curiosos comenzaron a detenerse y a gritar señalando hacia el globo. Los viajeros saludaban respondiendo a la algarabía que se iba formando.

Pero el globo había sufrido un rasguño al rozar el edificio y un rato después, comenzaba a soltar lentamente aire.

—¡Caramba!... Estamos perdiendo altura —dijo Arturo—. Debemos hacerlo subir.

—No nos queda lastre.

—Rápido, echemos las monedas en el fondo de la cesta y tiremos los cofres.

Así lo hicieron. El globo ascendió nuevamente y siguió desplazándose. No obstante, poco a poco volvía a perder altura. Elena se agachó, cogió un puñado de monedas de oro y proclamó:

—Con el permiso de ustedes, pero yo siempre había soñado con hacer esto.

Las monedas brillaron con la luz del sol. Lucía tomó otro puñado y también lo lanzó. El globo flotaba y se movía lentamente sobre la ciudad mientras una llovizna de oro tamizaba aquel amanecer.

Los transeúntes y paisanos que ya estaban comenzando su día de ajetreo, no podían creer lo que veían. La ciudad se puso eufórica. Todos corrían detrás de aquel artefacto que lanzaba monedas de oro al aire. Las personas bajaban de los tranvías, los choferes de autos también aparcaban y se sumaban al bullicio, las puertas y ventanas de las edificaciones se abrían y, las caras de asombro de los ciudadanos, se tornaban en ansiedad por alcanzar algunas de aquellos doblones que caían.

Los cuatro amigos reían, mientras desde su auto, don Ramón, mugía como un toro.

El globo no pudo mantenerse más y comenzó el descenso justo en las cercanías del Parque Central. Ya no quedaban monedas que tirar.

—Agachémonos en el fondo de la cesta que el aterrizaje será forzoso—gritó Rómulo.

El abrazó a Elena y ella a Rolo, por su parte Arturo apretó a Lucía contra su pecho y ambos se encorvaron. El globo se estaba desinflando y no podía soportar a la cesta en el aire. Pisaron tierra y la barcaza con sus pasajeros fue arrastrada unos cuantos metros hasta que se trabó en uno de los árboles del parque. Los viajeros comenzaron a ponerse de pie dentro de la barquilla.

—¿Ustedes están bien? —preguntó Rómulo, mientras ayudaba a Elena a incorporarse.

—Sí, perfectamente bien —contestó Lucía.

—Ya veo que bastante bien— sonrió Elena, guiñando el ojo.

—Tú no pierdes ninguna oportunidad para gastar bromas —replicó Arturo.

—Bromas ja, ja, ja, en bromas me hicieron a mí, ja, ja.

Varios policías y paisanos corrían hacia la barcaza. El auto del inspector aparcó y de él bajaron don Ramón y sus compinches.

—¡Esta me la pagarán! —exclamó furioso.

—No sé con qué, porque solo nos queda esta moneda —respondió Rómulo lanzándosela.

—¿Qué han hecho con mi oro, estúpidos?

—Solamente regresarlo a sus verdaderos dueños —respondió Elena.

—Todos están bajo arresto, deténganlos y llévenselos —ordenó el comisario.

Los hombres se abalanzaron sobre ellos, pero una voz autoritaria los detuvo:

—Yo no iría tan de prisa, comisario, en todo caso el detenido va a ser usted.

Rómulo, Elena y Arturo miraron hacia atrás, sorprendidos. Allí estaba nada menos que Lucía, levantando en su mano una insignia de la policía secreta mientras decía:

—Agente especial, capitana Joanna Lucía López.

Varios hombres de la policía secreta que vestían como paisanos rodearon el grupo y desarmaron a don Ramón y sus hombres.

—¡Yo la conozco a usted de alguna parte! —exclamó don Ramón.

—Es posible, esta ciudad es grande para algunas cosas, pero muy pequeña para otras.

—Oh..., ya recuerdo, la dama del Oriental Park, no crea que se saldrá con la suya, yo soy el comisario, don Ramón —gritó, mientras dos agentes lo sostenían.

—Todavía nos queda por buscar a otro pez gordo, el comisario Silverio, que también será enjuiciado por varios cargos de abusos de poder y extorsión. Ambas comisarías están bajo investigación desde hace varios meses —concluyó Lucía mientras se acercaba a los detenidos.

Los tres amigos se quedaron sin decir palabras. Rolo se quitó la gorra y, halándole el pantalón a Rómulo le dijo:

—¡Mire don Rómulo ese policía secreto es nada menos que el tal Cheo, el que nos robó las maletas!

—Es cierto Rolo.

El hombre los miró y les hizo un guiño con un ojo, el niño sonrió y le respondió el saludo.

Lucía se acercó a ellos y les dijo:

—He disfrutado mucho vuestra compañía en estas horas, y les agradezco mucho su ayuda en este caso.

—Ha sido un placer, agente —respondió Elena —no me vas a creer, pero yo tenía la intuición de que algún secreto importante la vinculaba a usted con nosotros.

—Pues tenías razón, llevamos mucho tiempo trabajando en este caso.

—Felicitaciones, muy buen trabajo. Hasta luego, doña Lucía —dijo Elena, y ambas se abrazaron.

—Espero verlos en los próximos días —señaló Lucía, mientras miraba a Arturo—, podríamos pasar un día todos juntos pero sin tanto ajetreo.

—Por supuesto que sí —se apresuró en responder—, será un placer.

—Ahora debo retirarme, tengo trabajo qué hacer.

—¿Te puedo ayudar en algo..., deseas que te acompañe? —preguntó él.

—Por supuesto que sí, necesito un testigo —respondió ella extendiéndole la mano.

—¡Cáspita! Todavía no salgo del asombro —exclamó Rómulo que la miraba con los brazos cruzados—. ¡Así que usted es..., vaya!, yo siempre sospeché que algo se escondía detrás de su mirada, pero nunca imaginé que sería esto.

—El mundo está lleno de sorpresas, querido amigo.

—Sí, pero esta ciudad está entre las primeras del planeta —contestó el hombre y todos los amigos rieron.

Un auto llegó al lugar y de él bajaron Fernando, Ramiro y Lisardo, que casi estaban dormitando en los asientos del bar, cuando la algarabía los despertó, y aunque se perdieron parte del espectáculo ya estaban al tanto de lo ocurrido.

Un rato después de los correspondientes abrazos y saludos, Ramiro invitó a sus antiguos camaradas para que fueran a su casa en Cojimar, Rolo se unió a su grupo de amigos para contar en detalle, su participación en aquella aventura, y por su parte Rómulo decidió acompañar a Elena hasta su casa, para después retirarse a su habitación.

—Este ha sido el día más emocionante de mi vida —comentó ella mientras caminaban.

—Es verdad, ha sido una experiencia inolvidable —afirmó él.

—Ya hemos llegado. ¿Quieres entrar un momento?

—Si me das un vaso de agua te lo agradecería pues estoy sediento.

—Por supuesto, entra. Madre aquí estamos, ven a saludar a Rómulo —anunció ella en voz alta. Pero no recibió respuesta—, parece que mi madre no está, ahora te traigo el agua, siéntate.

—Gracias.

Rómulo se quedó observándola mientras se alejaba hacia la cocina. Todavía su pelo estaba húmedo y su vestido se le pegaba al cuerpo delineando su hermosa figura.

—Aquí tienes, me cambiaré esta ropa, en un momento regreso.

El bebió el agua. Desde la habitación ella le dijo:

—Si deseas beber más, pasa a la cocina y sírvete.

—Está bien, lo haré.

Apenas terminaba de saciar la sed cuando ella se aproximó. Vestía una bata rosada, y andaba descalza. Mientras caminaba hacia él, con un peine se acomodaba su largo cabello trigueño.

—Y bien..., estarás satisfecho, al fin hemos encontrado el oro, ahora regresarás a tus estudios y pronto ni te acordarás de tus amistades.

—¿Por qué dices eso? Sabes que no soy así, me conoces hace mucho tiempo.

—Pues no sé, pero tengo la intuición de que así será.

—¿Por qué eres tan dura conmigo?

—Soy así con todos.

—No es cierto, me hostigas y me incitas a pelear cuando en realidad tengo deseos de hacer algo distinto.

—Oh..., veamos que deseos son esos, si se puede saber.

Rómulo se acercó a ella y le cogió su mano izquierda, Elena miró hacia su mano y después levantó la vista hacia sus ojos. Él la miraba intensamente, con su brazo derecho la asió suavemente por detrás de su cintura. Elena comenzó a sonrojarse, sus ojos rebeldes parecían ansiosos. Rómulo se acercó lentamente manteniendo sus pupilas clavadas en las de ellas, con su diestra la fue aproximando a su cuerpo. Elena estaba en un dilema, quería mantenerse en guardia pero a la vez se sentía rendida, sus labios comenzaron a humedecerse y su pulso a acelerarse. El seguía ganando terreno, no sabía si la fierecilla saltaría en cualquier momento pero estaba decidido a hacerlo. Ya sus labios estaban tan próximos que casi se rozaban, y sus cuerpos comenzaban a confundirse. El la besó suavemente en sus labios, a lo que ella respondió, las miradas dejaron de cruzarse, y todos los sentidos se unieron para percibir aquella sensación de placer nunca antes vivida. Ambos volvieron a besarse suavemente, pero más seguido. Elena lo abrazó, a su vez el brazo de Rómulo ejerció más presión y sus cuerpos se unieron hasta lo imposible. Ya sus besos habían tomado más fuerza y sus labios enrojecidos se apretaban desenfrenadamente. Aquellos minutos intensos, borraban el cansancio acumulado de aquellos dos días y, daban paso, a un éxtasis de placer para ambos. Unos minutos después, Elena, se separó suavemente de él y mirándolo le dijo:

—Ahora sí creo que me he equivocado al pensar que me olvidarías pronto.

—Puedes estar segura que nunca te olvidé, y que no me alejaré más de ti.

Nuevamente se besaron, hasta que ella le susurró:

—Es mejor que te marches ahora, mi madre debe de estar por llegar, además tu ropa esta húmeda, vete ahora y descansa.

Lo acompañó hasta la puerta y lo despidió tocándole los labios con sus dedos, allí se quedó mirando como él se alejaba, y con un gesto se despedía, entonces cerró la puerta. Desde el café-bar continuo a la casa, se escuchaba un dúo de guitarras que, entonaban una antigua melodía, el primer bolero de la música cubana, escrito por José Sánchez, *Tristeza*, a continuación ella comenzó a bailar girando suavemente mientras se sumaba a los cantantes:

Tristeza me dan tus quejas mujer
Profundo dolor que dudes de mí
No hay prueba de amor que deje entrever
Cuanto sufro y padezco por ti...

El botín

Elena despertó. Estaba recostada en el hombro de Rómulo mientras viajaban en el asiento trasero del chevrolet de Arturo. Era una bonita y fresca tarde de cielo despejado.

—Ya despertó la bella durmiente —bromeó él.

Ella sonrió y le dio un beso en la mejilla. Él se ruborizó, pues en ese preciso momento Arturo y Lucía, los miraban desde el asiento delantero.

—¿Cómo les va a los tórtolos por allá atrás? —preguntó Lucía con picardía.

—Muy bien, yo diría que mejor que bien.

Rómulo sonrió mientras pasaba su brazo por encima del hombro de ella.

—Hasta ahora se está portando bien, esperemos que no me enseñe muy pronto las uñas.

—Si te lo buscas, ya verás.

—Me tienen muy intrigada ustedes con la sorpresa que me ocultan —dijo Lucía.

—No te preocupes, ya lo sabrás a su debido tiempo —respondió Arturo mirándola.

—Si es que no lo sabe ya —señaló Elena—, recuerda con quién estás hablando.

—Bah, tonterías —comentó ella—. Yo quiero que me sigan tratando como hasta ahora. Mi trabajo era una cosa y mi vida privada y mis amigos es otra.

—¿Por qué hablas de tu trabajo en pasado? —preguntó Elena.

—Si supieras que ya estoy bastante aburrida de ese oficio.

—Nosotros pensábamos que lo disfrutabas.

—Hubo una época en que sí, pero eran los primeros años. Yo era más joven y estaba sedienta de aventuras, pero ya mis gustos han ido cambiando. He decidido retirarme después de este caso.

—Me imagino que lo has pensado bien —apuntó Arturo.

—Claro. Quiero tener una familia, esposo e hijos. No quiero que ellos estén involucrados en estos asuntos. Además, por los años que he estado activa ya puedo renunciar y de hecho ya lo anuncié.

—Me agrada la idea —afirmó con vehemencia Arturo. Ambos se miraron.

—¿Ha pasado algo y nosotros no nos hemos enterado? —preguntó Elena con picardía.

Todos sonrieron.

Otro auto los seguía de cerca. Ramiro iba al volante, Fernando a su lado y Lisardo detrás acompañado por Rolo. Ambos coches viajaban rumbo al poblado de Guanabo.

—Señores, yo creo que ya es hora de que recibamos el merecido fruto de nuestros esfuerzos —comentó Ramiro desde el volante.

—Sí, en realidad hemos esperado tanto por este oro que ya casi ni me acuerdo —señaló Fernando.

—¿A cuánto asciende la parte de cada uno?

—No tengo un número exacto, pero creo que dará para que cada uno compre lo que se le antoje, o pase el resto de sus días viajando por el mundo.

—Eso sí me gustaría —afirmó Lisardo.

—Yo quiero comprarme un gran yate —anunció Ramiro.

—Yo creo que viajaré a Egipto —dijo Fernando—, me gustaría visitar las pirámides.

—Iremos los tres en mi yate. Se los prometo.

Todos se echaron a reír por sus bromas. Los años habían pasado. Atrás habían quedado los rencores y desavenencias.

—¿Qué les parece cómo se han unido en una amistad irrompible nuestras familias?

—Así es, nuestros descendientes han logrado terminar lo que nosotros comenzamos.

—Me siento tranquilo y satisfecho.

—Yo también. No pudo ser mejor la forma en que se devolvió el dinero a la ciudad. Como lluvia, fantástico.

—Había que ver la alegría de aquellas personas, señor Ramiro, todos corrían a la par con nosotros, fue un día inolvidable para mí —dijo Rolo emocionado.

—Y tú fuiste uno de los héroes del día. Aquí están, todos ustedes, en estas fotos del diario de hoy —señaló Ramiro, enseñando el periódico que había comprado en la mañana.

—Eres un campeón —le dijo Lisardo, al tiempo que echaba una ojeada al diario.

Los autos arribaron al lugar previsto. Guanabo, era un poblado bañado por las aguas del Caribe, famoso por sus tranquilas playas de arena blanca, cobijadas por un sinfín de palmeras y uvas caletas. Sus habitantes, muchos eran pescadores, otros propietarios de casas de veraneo.

En un rato estaban entrando a la vivienda de la tía materna de Elena. Era una residencia de madera de dos plantas con balcones corridos a ambos lados en los dos niveles, poseía un total seis habitaciones con baños incluidos, una sala de estar, un gran comedor en la planta baja y una inmensa cocina. Era una hermosa casa construida muy cerca del mar, sus padres la habían edificado muchos años atrás y aunque en la actualidad ya estaba algo deteriorada por el tiempo, y falta de pintura, todavía la señora vivía de la renta de sus habitaciones y así se ganaba la vida.

Después de los saludos la tía les contó:

—Trajeron tres bultos del correo, espero que sean los que me habías dicho que enviarías para guardarlos aquí.

—Esos mismos son, tía.

—Bien, acomódense. Por suerte no tengo inquilinos, así que todas las habitaciones están disponibles.

—Muchas gracias, tía.

—Yo voy a preparar algo de comida.

El grupo se quedó en el comedor. Todos se sentaron alrededor de aquella sólida mesa de caoba sobre la que estaban los tres bultos.

Ramiro movía los pies intranquilamente, mientras que su habano daba vueltas en su boca. No se podía contener. Tan pronto la tía Lula, que así era su nombre, pasó a la cocina, Ramiro saltó del asiento, se abalanzó sobre los bultos y comenzó a desempaquetar el papel que los cubría. Un barril de madera de medio metro de altura se dejó ver.

—Necesito una herramienta.

—Aquí tienes —dijo Arturo, que había traído una del auto.

Ramiro comenzó a quitar la tapa al barril y cuando por fin la sacó, exclamó:

—¡Joder, carajo... esto es arena!

—Déjame ver —exclamó Arturo —no es posible, si los llenamos con las monedas en el correo.

—¿Qué es lo que está pasando aquí? Alguien nos estafó.

Rápidamente abrieron los otros dos barriles y encontraron lo mismo.

Todos se quedaron en silencio.

—Con el permiso de ustedes, voy a tomar algo de fresco, porque no entiendo lo que está ocurriendo —se disculpó Lucía poniéndose de pie—. ¿Me acompañas, Elena?

—Sí.

Ya estaba cayendo la tarde. Desde la cocina se escuchaba a la tía Lula tarareando una melodía. La señora gritó:

—Por favor, desocupen la mesa que la cena está lista.

Recogieron los papeles, los barriles y, los pusieron en una esquina. Nadie decía una palabra, cada uno estaba sacando sus propias deducciones.

Elena y Lucía se fueron a la cocina para ayudar a la tía y ya venían con la comida.

Ramiro dio un brinco de su silla y soltó el tabaco. El resto de los amigos miraron hacia las mujeres. Venían arrastrando un carricoche en el que traían tres barriles de madera. Una amplia sonrisa se podía ver en cada una de ellas.

El júbilo se apoderó de aquel comedor.

—¡Nos embaucaron las mujeres! —gritó, Ramiro.

Arturo y Rómulo colocaron los barriles sobre la mesa.

Elena tomó la herramienta y se la entregó a Ramiro.

Tenga la bondad de iniciar la cena.

—¡Por supuesto! —respondió él.

Una exclamación se dejó oír al unísono, cuando Ramiro levantó en su puño aquel montón de monedas de oro.

—¡Al fin tendré mi yate, ahora podemos brindar!

—Aquí está el vino y las copas—dijo tía Lula.

Todos levantaron sus copas.

—Por la amistad que nos ha unido, salud.

—Salud.

ΦΦΦ

Un poco más tarde, después de hacer el conteo de las monedas y dividirlo en seis partes, los allí presentes cargaron con un juego de sillas de playa y se sentaron en círculo alrededor de una fogata en la orilla del mar. El vino y la música acompañaban aquella reunión, pues la tía Lula sabía sacarle partido a una vieja guitarra que guardaba y, de vez en cuando, tocaba con unas amigas que, habían hecho un trio cuando eran jóvenes. Durante la noche comenzaron a relucir muchas de las anécdotas vinculadas con la aventura. Preguntas y respuestas fueron esclareciendo cada uno de los pasajes ocurridos que habían quedado en suspenso.

Ya casi a las dos de la mañana, Ramiro se puso de pie y tomando la palabra narró solemnemente un hecho desconocido para los demás.

—Esto que voy a contarles va a completar la historia que todos conocemos. No va a ser muy grato escucharlo pero es la verdad, y yo que estoy completamente involucrado debo hacerlo. Primero que nada renuncio a mi parte del tesoro.

Todos comenzaron a reír, pues pensaban que sería una de sus bromas. Pero él mantuvo el tono de seriedad con que hablaba.

—¿Recuerdan cuando preparamos el complot? —preguntó mirando a Fernando y Lisardo. Ellos asintieron con un gesto.

—Éramos muy jóvenes. Yo era muy ambicioso. Unos días después una idea perversa no dejaba de hostigarme. Yo hice una denuncia anónima, y por mi causa ustedes fueron apresados y enjuiciados.

Todos quedaron sorprendidos.

—Después fui a buscar el oro y al final no lo encontré. Unos meses después me uní con Ramón para seguir extrayendo oro a las remesas y, cuando ya parecía que lo teníamos, la Corona nos envió a la guerra. Al regresar ya las cosas habían cambiado y el oro había quedado oculto en el túnel, y no podíamos sacarlo pues no sabíamos cómo entrar. Peleamos y nos odiamos, pero años después nos reconciliamos para sacar el oro. Entonces, ¿quién podía decirnos cómo entrar?... Fernando o Lisardo. Nuevamente, los involucré en toda esta aventura.

Solo se escuchaba el ruido de las olas al romper en la arena.

—Por suerte, ya todo llegó a su fin y cada cual ha recibido su merecido premio... Pero yo, en realidad, no lo merezco.

Bebió otro sorbo de vino de su copa, después se incorporó y dijo mirando a Fernando y a Lisardo:

—Solo necesito una cosa para marcharme y pasar en paz los días de mi vejez.

—¿Tú dirás? —preguntó el primero mirándolo fijamente.

—Que me perdonen.

Fernando mantuvo su mirada en los ojos de Ramiro por uno segundos, después pasó su vista por el círculo de amigos, todos habían quedado a la expectativa, finalmente le respondió:

—Yo te conocía bien, Ramiro. Al principio no creí que hubieses sido tú, pero con el tiempo sí lo sospeché. Y te digo algo, también lo olvidé... Por mi parte no hay resentimientos el tiempo todo lo cura y lo más importante es que si en un momento torciste la historia, en otro la enderezaste. Por mi parte estás perdonado.

—Yo estoy de acuerdo con mi compadre —agregó Lisardo—. Ya estamos algo viejos y cansados para seguir sacándole tantas cuentas a la vida. Ya todo es historia... inclusive lo que acabas de decir hace unos minutos, ya es historia.

Ramiro agradeció las palabras de ambos, y por último añadió:

—En cuanto a mi parte del botín deseo que la dediquen a una noble causa, que recompense los daños que causé tiempo atrás. Buenas noches y gracias por todo.

Se marchó a su habitación. Nadie hizo ningún comentario. Un rato después, Lucía propuso:

—Quisiera caminar un rato por la playa, la noche está hermosa.

—Por supuesto —Arturo accedió, dándole su mano para que se pusiera de pie.

—Nosotros también vamos —dijo Elena, incorporándose y extendiendo su mano a Rómulo.

—Yo también voy —dijo Rolo poniéndose de pie.

Elena lo miró, pero Fernando intercedió diciendo:

—Mejor quédate con nosotros si quieres conocer algo más de esta historia.

—Me quedo entonces —respondió Rolo, sentándose nuevamente.

Elena sonrió, las dos parejas echaron a andar.

Los demás quedaron conversando un largo rato, hasta que el sueño los empujó a retirarse a sus dormitorios. A la mañana siguiente muy temprano, Ramiro se marchó a la ciudad.

ΦΦΦ

Dos días después todavía el grupo se hospedaba en el motel de tía Lula. El lugar era ideal para descansar y hacer planes para el futuro. No tenían presión de trabajo, no por falta de dinero. Además la comida era exquisita.

—Ya sé de dónde tienes el don de cocinar tan sabroso, de tu tía Lula —decía Rómulo a Elena.

Fernando y Lisardo regresaron a la casa, pues habían salido para hacer una gestión.

—¿Ya está el almuerzo, tía Lula?... pues venimos hambrientos.

—Ya casi está —respondió ella.

—¿Con qué plato nos deleitará la mejor cocinera de La Habana? —preguntó Lisardo zalameramente.

—Hoy les tengo arroz blanco, potaje de judías, estofado de res con quimbombó, platanitos maduros tentación, con miel...

—¡Fantástico, esto será un banquete! Yo creo que me voy a quedar por aquí en Guanabo un largo tiempo.

—Vamos, no se me haga el listo que usted está casado, y lo esperan allá en San Juan.

Los amigos se echaron a reír.

El grupo había decidido hacer una donación monetaria a la tía Lula para restaurar el motel. En eso andaban los dos compadres, buscando un contratista que se encargara de los trabajos.

ΦΦΦ

Al día siguiente en la mañana, Ramiro estaba sentado leyendo un libro en la terraza de su casa en Cojímar. Su esposa, Clara, había preparado un té y acababa de sentarse a su lado.

—Bonita mañana —dijo él.

—Sí, está perfecta para dar un paseo por la playa. ¿Vamos?

—De acuerdo. Movamos un poco estos viejos hueso para que se reanimen, ja, ja.

Echaron a andar cogidos de las manos. El día estaba hermoso, el cielo azul y despejado y el mar tranquilo. Ambos vestían de blanco. Eran una bonita pareja, ella se cobijaba con un sombrero de pajilla, mientras que el portaba al descubierto y con orgullo su cabellera blanca y su barba canosa.

—Sabes una cosa Ramiro, he estado pensando que podríamos vender nuestra casa aquí para que logres cumplir con tu añorado sueño de viajar por el mundo en nuestro propio yate.

—¿Que dices mujer?, ¿hablas en serio?

—Claro. Deshagamos

Él sonrió y la abrazó.

—Aunque ha sido uno de mis últimos anhelos, nunca aprobaría que nos deshagamos de nuestro verdadero hogar por ninguna razón.

—Creo que si podríamos hacerlo, nos rentaría

—Te agradezco la intención pero no sería justo, sé que lo haces por mí.

Caminaron un poco más, de vez en vez, saludaban a algunas personas a su paso. Un rato después se aproximaron al muelle de la marina. Era un lugar pintoresco, un gran ranchón de madera y guano, abierto por todos lados, con una gran barra y un grupo de mesas donde varios visitantes saboreaban un apetitoso desayuno. La música de la vitrola amenizaba el lugar.

—Mira, Ramiro, qué yate tan grande, nunca lo había visto por aquí.

—Sí, es hermoso. Debe ser de algún turista.

—Veámoslo de cerca. Tal vez lo negociemos por el chalet.

—Ja, ja, está bien, pero nada de negocios.

Se aproximaron más.

—Tiene un cartel afuera, acerquémonos para ver.

—Se busca capitán con experiencia —leyó él—. ¿Qué te parece? Sería una buena aventura navegar unos días en este yate. ¿No crees?

—¿Me dejarías aquí sola?

—De ninguna manera. Tal vez necesiten una cocinera o alguien para limpiar, y contar historias en las noches.

—Tú siempre estás pensando en una nueva aventura.

—No digas eso, porque nuestra aventura ya ha durado muchísimos años —replicó él abrazándola.

—Es verdad.

—Entonces ¿preguntamos?

—Hagámoslo.

Era un hermoso barco de paseo, de aproximadamente 20 metros de eslora. Su madera barnizada con algunos detalles en blanco, resplandecía. Estaba anclado junto al muelle del Bar de Pablito. Se acercaron al mismo por la popa.

—Buenos días.

—Buenos días —respondió el grumete que estaba allí.

—¿Podríamos hablar con el dueño?

—Lo siento señor, pero él no se encuentra.

—Estoy interesado en el anuncio.

—¡No me diga!, mire usted para eso... Pero si desean pueden subir para que al menos vean el barco, tal vez consigan el empleo.

—Gracias, se lo agradecemos.

Subieron al mismo. Caminaron hasta la proa y después fueron hasta los camarotes. A continuación subieron al puesto de mando que quedaba en el segundo piso. El joven le mostró el funcionamiento y le explicó algunas de las nuevas tecnologías con que contaba la nave.

—Se ve poderoso, pero no lo vamos a interrumpir más en su trabajo, mejor nos retiramos.

—Regresen mañana, tal vez el dueño esté por aquí.

—De acuerdo, así lo haremos.

—¿Ustedes saben una cosa?

—Dígame.

—Veamos si tiene actitudes para este empleo. Les daré un pequeño paseo y usted maniobrará, así yo podré dar mis recomendaciones al dueño.

—No, hombre, no se moleste.

—Vamos, no hay más qué hablar. Señora, siéntese usted por aquí y usted ayúdeme con el timón, mientras yo zafo las amarras.

El hombre puso en marcha el barco, que comenzó a girar bajo el control de Ramiro.

—Muy bien, muy bien, se ve que usted conoce el oficio.

—Sí, yo he manejado algunos otros, pero no tan moderno como este.

—El joven extrajo algo de un compartimiento y se lo dio a Ramiro.

—Póngase esta gorra de capitán.

—Es fantástica. ¿Qué te parece? —le preguntó a su esposa, haciéndole un gesto.

—Te ves muy atractivo.

—Gracias.

Ramiro enfiló el yate hacia mar adentro, y aceleró la marcha. Era una poderosa embarcación con dos motores y una vela de unos 25 pies de altura, capaz de realizar largas travesías. Navegaron unos 15 minutos y después regresaron bordeando la costa.

—Mire joven aquella es nuestra casa —señaló Clara.

—Oh, muy hermosa.

—Cuando quiera puedes pasar por allí, estas invitado.

—Muchas gracias, le haré una visita en estos días, son ustedes muy simpáticos.

Un rato después, de regreso al muelle, la pareja se despidió del empleado agradeciendo el paseo.

—Regrese mañana, tal vez el dueño esté por aquí.

—Gracias, así lo haremos.

Un fotógrafo profesional tenía montada su cámara sobre un trípode, y hacía alguna que otra toma de vez en cuando de las aves y el paisaje.

—Esperen un momento, se me ha ocurrido algo —gritó el grumete mientras se acercaba corriendo a la pareja.

Él colocó a la pareja de frente al fotógrafo, el yate quedaba a sus espaldas.

—Acérquense más uno al otro, por favor.

—¿Qué vas a hacer? —preguntó Ramiro.

—Quiero regalarles un recuerdo.

—Eh, amigo —le pidió al artista—, ¿nos puede tomar una foto, por favor?

El fotógrafo se preparó. La pareja sonreía por aquella ocurrente idea, entonces el grumete se acercó y le dijo:

—Póngase la gorra —sonrió y le dio la mano—. ¡Felicidades, don Ramiro Ruiz, que lo disfruten!

—¿Cómo sabes mi nombre?

El fotógrafo hizo la foto en el preciso instante en que Ramiro recibía las llaves del yate. Desde el Bar de Pablito, Fernando y Lisardo, se dejaron ver y alzaron sus copas para brindar.

Acerca del autor

Alfredo Pérez. La Habana. Arquitecto. Maestría en Restauración de obras patrimoniales. Constructor de cubiertas, cúpulas, y escaleras catalanas de ladrillos con técnicas tradicionales. Artesano. Diseñador y realizador de vitrales. Florida. Ha publicado la colección de cuentos *Cuatro Caminos* (2013). *El túnel del oro* (2014) es su primera novela.

Email: alfredoarquitec81@gmail.com

Agradecimientos

Mi agradecimiento especial para Marlene Moleón, por su ayuda durante el proceso de edición, maquetación y publicación.

También quiero expresar mi satisfacción a María Loreto Navarro y a Francisco Gijon, por sus recomendaciones y aportes a la obra.

Por último, a todos los que tal vez sin saberlo, nos han impulsado en esta aventura, y sobre todo a los que la lean...